ビーズログ文庫
アリス

腐男子先生!!!!!3

瀧ことは

腐男子先生!!!!! 3

FUDANSHI SENSEI

contents

OFF
桐《きりゅ》生《う》和《かず》人《と》
BLをこよなく愛するイケメン生物教師。
偶然身バレしてしまった朱葉と
楽しくオタクライフを満喫していたはずが……？
ON
腐男子先生!!!!!
3
FUDANSHI SENSEI
キャラクター紹介

キング

伝説の美少年コスプレイヤー。恋人の秋尾とは同じ作品のキャラで「合わせ」もする。

秋《あき》尾《お》誠《まこと》

桐生の友人でキングの恋人。趣味で女装もするが嗜好はノーマル(本人談)。

都《つ》築《づき》水《み》生《お》

朱葉と一緒にクラス委員となった同級生。not オタク。女の子と恋愛話が大好きなチャラ男で、勘が鋭い。

早《さ》乙《おと》女《め》朱《あげ》葉《は》

BLをこよなく愛する普通の女子高生。妄想を漫画として出力する特殊スキルの持ち主のため、桐生から神絵師として崇められている。

静《しずか》島《しま》咲《さく》

「ぱぴりお」(朱葉のPN)のSNSアカウントの熱烈フォロワー。イベントにはゴスロリで参戦するお嬢様。

マリカ

桐生の大学時代の先輩であり……元カノ。

イラスト／結城あみの

※この作品はフィクションです。実在の人物、地名、団体とは一切関係ありません。

プロローグ

宇宙人はどこから？

「雑誌は鈍器じゃありません！」

最近早乙女朱葉《さおとめあげは》の放課後は、漫画研究同好会《まんがけんきゅうどうこうかい》のドアを開けることからはじまる。

正式な部員も数人の小さな部活ではあるけれど、毎日楽しくやっている――はずだったけれど、その日は少し様子が違《ちが》っていた。

「委員長ー！」

クラスでの用事を終え、部室のドアを開けようとした朱葉を呼ぶ声に振《ふ》り返《かえ》る。

声の主《ぬし》はクラスメイトであり同じクラス委員長の都築水生《つづきみお》で、朱葉の背後まで走り込み、強い力で肩《かた》を摑《つか》んでいた。

「ごめんちょっと！　匿《かくま》って!!」

は？　と聞き返す間もなく、押し込まれるように部室の中へ。ドアを閉めて、二人倒《たお》れ込《こ》むようにしゃがむと、ほどなく廊下《ろうか》を走って行く複数の足音が聞こえた。

どこ行ったのよ！

ほんっとサイテー！

聞こえてくる声は、朱葉の知らない女生徒のものだった。

「……」

「…………」

わけもわからず、口を塞《ふさ》がれる形で都築と二人、息を詰《つ》めていたが、遠ざかった足音が完全に聞こえなくなると、都築は音を立ててため息をついた。

「都築くん……あの……」

どうしたの、と聞く前に。

「ふ…………不審者《ふしんしゃ》――――！！！」

いきなり音を立てて都築と朱葉の間に振り下ろされたのは、分厚い漫画雑誌だった。

「うおっあぶね」

都築が飛《と》び退《の》くと、雑誌を振りかぶった影《かげ》はまだ座《すわ》り込《こ》んだままの朱葉に抱《だ》きついた。

「先輩《せんぱい》に触《さわ》らないで！！！」

涙目《なみだめ》でそう叫《さけ》んだのは、漫研《まんけん》の一年部員である、静島咲《しずかしまさく》だった。

「さ、咲ちゃん！　落ち着いて!!　雑誌は鈍器《どんき》じゃありません！」

「だって、先輩！　このひと、いきなり！　いきなり入ってきて、先輩を！」

「不審者じゃないから！　大丈夫《だいじょうぶ》！　クラスメイトだから！」

一応、と朱葉が言うと、都築は尻餅《しりもち》をついて唖然《あぜん》としていたが、やがてこらえきれずに吹き出すと。

「なに、一年生？　かっわいーね」

なれなれしくそう言って、咲の顔を覗《のぞ》き込《こ》もうとした。

さっきまでの威勢《いせい》はどこへやら、咲はぴぇっと声を上げて朱葉の後ろに隠《かく》れる。

朱葉の方も、今更《いまさら》ながら都築の悪い噂《うわさ》を思い出し、腕《うで》を広げて二人の間に立った。

「不審者じゃないけどこれ以上の接近は禁止でーす。咲ちゃんには手を触《ふ》れないようお願いしまーす」

「えぇーなんだよお朱葉ちゃんたら、俺《おれ》と朱葉ちゃんの仲じゃない～」

「どんな仲よ」

「そりゃあもう、一言で言えないような、ふか～い仲だけど？」

にやにやと軽口を叩《たた》く都築に、咲がフーフーと威嚇《いかく》の声を上げる。

「はいはい。用が済んだら出て行ってくれる？」

「ええ～。匿ってって言ったじゃん。ここ、漫研の部室なんでしょ？　ちょうどいいからしばらく隠れさせてよ」

「入室の許可した覚えはないけど？」

「じゃあ、入部見学にきたってことで！　それなら断れないでしょ？」

「お断りします！」

先に答えたのは咲だった。その反応に、『おもしろおい』と都築が顔に書いた。

「前も言ったけど俺偏見《へんけん》ないんだよ～？　そういう女の子とも付き合ったことあるし。ほらこれペン、このペン使って書くんでしょ？　なにつけるの？　墨汁《ぼくじゅう》？」

「触らないで！　けがれます！」

「いやけがれはしないだろうけど」と朱葉が冷静に呟《つぶや》く。都築は手を止めない。

「分厚っ！　この本は？　なんも描《か》いてねーじゃん！　メモ帳か？」

「それは紙見本です！　紙見本の浪漫《ロマン》がわからないなんてさみしい人ですね！」

「ええ!?　朱葉ちゃんわかる？」

「ちょっとわかる……」と朱葉。

都築は次はその隣《となり》で踊《おど》るようなポーズをとっていたデッサン人形を手に取る。木で出来たものと、筋肉の質感がわかるものも置いてあった。

「この人形なに？　エロいやつ？　あ、こっちは絶対エロいやつだろ！」

「エロくないです!!　ここから描く先輩の絵がエロいの!!」

「咲ちゃん咲ちゃん」

その説明はせんでいいから。あとわたしの絵は別に特別エロくはない、と朱葉。エロくないという言葉を受けて都築は興味をなくしたようだ。

「てか漫画って本当に描いてんの？　すごくね、プロみたいじゃね。プロになんの？」

「そう〜〜先輩はすごくって〜〜」

「咲ちゃん！」

いよいよ会話が咲の「推し絵師自慢《おえしじまん》」になりそうな気配を察して朱葉が声を上げた。

「時間、大丈夫⁉」

咲には厳しめの門限がある。時計を見て慌《あわ》てて荷物を抱《かか》えて出て行ってしまった。都築と朱葉を部屋に残すのは心配そうだったが、「一応クラスメイトだから」と朱葉もフォローして。

残された都築は近くの椅子《いす》に座ると、スマホをいじりはじめる。

「着信うるさいなぁ、メッセージも見れないし。電源きっちゃおっと」

「……女の子に、追いかけられてるの？」

別に聞きたくもないけれど、尋《たず》ねた。このまま、あれこれ部室のものに触られるよりはよかった。

「んー。まあ、ちょっとね」

都築はへらっと笑って。

「大丈夫だよお。ちょっと誤解してるだけ。付き合ってた子の友達みたいなんだけどさぁ。間違《まちが》った情報が伝わったみたいなんだよね。話してても平行線だし、なんか説教してくるし、こういう時はクールダウンが大事だよね」

「付き合ってた、子？」

「そうそう。別れちゃったけど、全然そんな、恨《うら》まれるようなことはしてないから。わかったって言ってくれたし、まあ数日休んでるみたいだけど、お友達ちゃん達《たち》が怒《おこ》るようなことはなんにもないのにね」

不思議だね。でも平気だよ、あとでお見舞《みま》いに行くついでに、誤解をといてくるからさ。

なんでもないことのように言う都築に、朱葉は眉《まゆ》を寄せた。

「……別れた、んだよね？」

しかも、友人達が怒《いか》り狂《くる》うような別れ方をした、彼女《かのじょ》のもとに？

「そうだよ。おかしいかな？　だって」

俺はまだ好きだもん。

「好き……なの？」

「そうそう。これまで別れてきた子も、みんな好きだよ、俺は」

「みんな」

そろそろげんなりしてきた。あまりに都築が宇宙人すぎて。

このまま都築のことは放っておいて、朝に買ってきた今週の漫画雑誌が読みたくなってきた。ちょっと曲がってしまったけれど。

いっそさっき、咲の振りかぶった雑誌が激突《げきとつ》していればよかった。いや、雑誌には罪がない。人を殴《なぐ》る道具でもないし。

「まったく興味はないんだけど。その、別れた理由って？」

「うーん。彼女が我慢《がまん》できないってさ。不思議だよね、付き合ってくれって言ってきたのは彼女なのに。他に付き合ってる子がいてもいいからって。みんなそうなんだよね」

みんなそう。それで、最後はみんな。去って行くんだ。

肩を落として、それこそひどく可哀想《かわいそう》な子供みたいに都築が言う。

「……わたしには、よくわからないよ」

呆《あき》れたように朱葉が言って、都築と距離《きより》をとると、机を二つ挟《はさ》んだ向かいに座った。

「ねぇねぇ、俺のことはいいからさ」

都築はすぐに元気になって、机から身を乗り出し言う。

「せっかくだし、朱葉ちゃんの話聞かせてよ」

「話すことなんてありません」

「またまた～。ね、本当のところ、きりゅせんのあれって、なんだったの？」

「あれって？」

「クラス会のカラオケのことだよ～～」と都築が言う。あれ、が何か。朱葉もわからないわけじゃない。その話をする気がなかっただけだった。都築も返事を期待しているわけではないようで、矢継《やつ》ぎ早《ばや》に続けた。

「気づいてない？　わけないよね。きりゅせん、朱葉ちゃんのこと好きだと思うなぁ」

思わず朱葉の口から深いため息がもれた。

「そんなこと言われても迷惑《めいわく》」

「なんで？　朱葉ちゃん、きりゅせんのこと嫌《きら》いなの？　クラスの女子はみんな言ってるじゃん。イケメンで大人で優《やさ》しいって」

「先生でしょ」

「それが問題？」

それ以外に問題がある？　と思ったけれど、言わなかった。朱葉は嫌《いや》になりそうだった。こうしてずけずけと踏《ふ》み込《こ》まれることに苛立《いらだ》ってしまいそうになる自分がいて、その苛立ちが、何か、認めたくないものを認めることになりそうで、余計に。

「先生だからダメなんだ。それって二人とも我慢してるってこと？　おかしくない？　じゃあ、きりゅせんが先生じゃなかったら、朱葉ちゃん、先生と付き合ってた？」

「なんでそんな話になるの？」

「たとえだよ、たとえば」

「――考えたことないよ」

やだな、と朱葉は思う。誘導尋問《ゆうどうじんもん》みたいだし、考えないようにしていたことを考えてしまいそうで。

「じゃあ、俺は？」

「……はい？」

変な声が出た。なのに都築はけろりとした、いたく普通《ふつう》の顔で重ねて言うのだ。

「俺と付き合ってみるってのは？」

「なんで？」

「いや、面白《おもしろ》いかなって。うん、俺が興味あるんだ。最初はなんか、二人のこと、秘密の恋《こい》みたいでいいよな〜ってうらやましく思ってたんだけど。そういうの、俺もちょっとしてみたい。朱葉ちゃんと付き合ってみたい、って思ったから、よければどうかな」

「付き合うならわたしの方じゃなくてもいいのでは？」

思わず言ってしまったけれど、都築が「どゆこと？」ときょとんとした顔で聞いてくるので。

（しまった相手は一般人《リア充》だった）

と脳裏《のうり》から先生×都築のカップリングを消すよう手を振る。

「誰《だれ》とも付き合わないよ。高校生のうちは、そういうことしないの。そう決めてるの。だからお断り」

「えーもったいないじゃん!!　何度も高校生やれるわけじゃないっしょ！　楽しんでおかないと戻《もど》ってこないわけで、後悔《こうかい》したって遅《おそ》いわけじゃん!!」

声がでかい。隠れてるんじゃなかったの、と朱葉は思う。言う元気もなかったけど。

「もったいなさすぎ。朱葉ちゃん可愛《かわい》いのに。じゃあこうしよ、デートしよ」

「は？」

「デート！　絶対楽しませるから!!」

「なに言ってんだか」

「いいじゃん、減るもんじゃないし!!　割《わ》り勘《かん》とかせこいこと言わないから！」

「貴重な時間が減ります」

お金よりも切実だった。オタクに暇《ひま》はないから。わたしの代わりに原稿《げんこう》してくれんのか。わたしの代わりにソシャゲを走ってくれるのか。

そう、真剣《しんけん》に思ったわけだけれど、対する都築も、あまり見たことないような、真剣な顔で言った。

「俺の知らないとこでしてんならいいけど、高校生だからって全部止めんのって」

ためらいもなく、真《ま》っ直《す》ぐに。

「もったいなくて、可哀想だよ」

いきなりそんなことを言われて絶句をしてしまった。

都築は本当に根本の根本をわかってないと思ったし、ずれていたし、わかりあえる気がしなかった。説明も、歩み寄りも、相互理解《そうごりかい》もお断りだ。

ブロックしたい、と思う。せめてミュートしたい。人生から！

「わたしは」

苛立ちと勢いのまま、声を上げようとして。

「わたしは……」

それ以上は、言葉にならなかった。ぐっと拳《こぶし》を握《にぎ》って、かわいた空気を飲み込んだ。その時だった。

ばしん、と音を立ててドアが開いた。突然《とつぜん》のことに肩を揺《ゆ》らす。ぱっと振り返れば、そこにいたのは、別に意外でも唐突《とうとつ》でもない、この部室の顧問《こもん》の桐生《きりゅう》だった。

「……なんだ、まだ残ってたのか？」

ドアを開いた桐生は、なんということでもないようにそう言った。

「先生、ちーっす」

いつものノリで都築が言う。

「入部希望か？」

淡々《たんたん》と言う桐生に、「そう！」「違います！」と都築と朱葉の言葉がかぶる。

「じゃあ、帰るように」

桐生が静かにそう言った。あれ、と朱葉は思った。静かだった。不自然なほどに。

その後もあれこれ言う都築を閉め出すと、風のように去って行ってしまった。

ため息をつきながら朱葉が自分のスマホを取り出すと、新しいメッセージがいくつか。

（咲ちゃんからだ）

開けてみると、先に帰ることの謝罪と、やっぱり心配だから、一応、先生には伝えておきました、の言葉。

（え？）

朱葉が桐生を振り返る。桐生は教室の窓から、外を見ていた。

（ええと、それじゃあ……）

先生、いつから聞いてた？

と思ったけれど、なんだか聞けなくて。何から話せばいいかわからなくて。

ただ、所在なげにまごついていたら。

「早乙女くんさ」

ぽつりと桐生が言う。その口調が、いつもの……朱葉の、よく知るいつもの、放課後の口調だったから。なんだか少し、泣きそうになるほどほっとしてしまった。桐生はそのまま、朱葉に背を向けたままで、心なしか小さな声で聞いた。

「週末、あいてる？」

同人誌への
おさわりは
ダメ、絶対！
シャーーッ
?

第1章

子どものわがまま
大人の悪事

1 「いざゆかん！　入場列へ！」

梅雨《つゆ》の短い晴れ間が広がっていた。しかも貴重な週末の晴れ間だった。

（あつ……）

地下鉄を降りて地上に出ると、熱気が鼻の頭をついた。カンカン帽《ぼう》を目深《まぶか》にかぶって、朱葉《あげは》が息をつく。

（なんだか、妙《みよう》に）

緊張《きんちよう》をしている、という自覚があった。待ち合わせをして、まあ、それなりにオシャレをして。二人で出かける、みたいなの。

デートみたいだなと、思ったけれど言わなかった。

待ち合わせ時間にはまだ早かったけれど、指定された、場外のチケット売り場に立っていたら、ほどなく近づいてきた影《かげ》があった。

「おつかれさま」

いつもの声で、安心をした。見上げてみれば、いつものように野暮《やぼ》ったい姿に大きな鞄《かばん》の桐生《きりゅう》が立っていた。

「覚悟《かくご》はしてきたか？」

出会いざま、そんなことを聞くから。

「まあ、一応」

ちょっとだけ笑って朱葉が答えた。

「よろしい」

桐生もちょっとだけ笑って朱葉の肩《かた》を冗談《じょうだん》めいた仕草で軽く掴《つか》むと、びしっと指をさして言った。

「いざゆかん！　入場列へ！」

そこは都内某所《ぼうしょ》。

あまりの人気で話題になった美術展、その、会期最終の週末だった。


青いチケットは桐生から、ホワイトデーにもらったものだった。忘れていたわけではないけれど、行く機会を逃《のが》していた。オタクの週末はとかく忙《いそが》しい上に、進級のあれこれもあって、すっかり後回しにしまっていたのだ。こうして誘《さそ》われなくても、もともとこの週末くらいしか行けるスケジュールではなかったし。

別に一緒《いっしょ》に行く予定でもなかったのだけれど、一緒に行かないかと言われたら、断るのもちょっと変な気がした。

（でも、これじゃあ、まるで、ねぇ……）

都内の大きな美術館で展示されているのはオタクが好きな芸術家の作品だった。朱葉も大好きだし、それ以上にこの画家のエッセンスを学びたかった。とはいえこうして学校外で二人で会うのは、オタクごとを抜《ぬ》かせばはじめてのことだった。いや、これもオタクごとだろうか。わからない。線引きが難しい。

「わー、すご……」

時刻はもう夕方に近く、ピーク時間も過ぎていたはずだが、入場列は現代的な建築物の外まで延びていた。

「お、最後尾《さいこうび》」

美術館の関係者であろう人間が持っていた最後尾札には、ただいま90分待ちの文字。

「九十分……」

ごくり、と朱葉が息をのむ。

近くのカップルが「えー九十分だって〜」「アトラクションかよ」とどこか呆《あき》れたように笑っている。

（アトラクションっていうか……）

「ぱぴりお先生トイレは大丈夫《だいじょうぶ》？　そんなに暑くならなかったけど塩レモンタブレット渡《わた》しておくから。給水所もあるみたいだけど、一応ペットボトルは二本凍《こお》らせてきたし、スマホの充電《じゅうでん》が足りなくなったらいつでも言って」

一方桐生はどこか浮《う》かれた様子で、大きな鞄から色々なものを出してくる。四次元袋か。

そしてまだ延び続ける列の最後尾につくと。

「それじゃ、イベント走りがんばろう」

スマホにイヤホンをつないで、画面に没頭《ぼっとう》しはじめた。どう見てもソーシャルゲームである。

これはデートではないな、と朱葉は思った。これだけの人の目がある場所だ。それぞれ勝手に列に並んでいる、そうした方がいいとわかっていたし。

（いいけどね、わたしも走るけど……）

でも、イヤホンまでしなくてもいいじゃん、と思ったけれど。ふと、隣《となり》を見て気づく。

（あれ、片方……）

朱葉の側の耳だけ、イヤホンは首から提《さ》げて、耳に入れられてはいなかった。

（話、は、してもいいのか）

「ぱぴりお先生大丈夫？」

「え、なにがですか？」

「今回のイベント。育成間に合った？」

「なんとか高難易度いけるようになりました」

「新キャラ見た？」

「見た。やばない？」

「やばい……。まさかここで……過去因縁《いんねん》の投入とは……」

ぼそぼそと画面から目を離《はな》さずに二人で話す。これでは放課後と何も変わらない。列はのろのろとだが確実に進んでいたし、屋外ということもあって、周囲も朱葉と桐生の会話に気を配る様子もなかった。

二人はしばらく、そうしてゲームに没頭していたけれど。

「………都築《つづき》くんがですね」

ぽつりと朱葉が言ったら、桐生は何も答えず顔も上げなかったけれど、指の動きをぴたりと止めたのがわかった。

結局、一晩、朱葉もひとりで考えてみたのだけれど。

「言うんですよね、もったいないとか可哀想《かわいそう》とか」

正直に、あったことを、まあ、色々かいつまんで、端折《はしょ》って言った。そして、桐生の返事を待たず……。

「でも、わたしが、可哀想じゃないことは」

静かに、言った。

「わたしが知ってるから、いいし」

スマホから、顔も上げずに。

「そういう風に考えちゃう都築くんが、わたしはむしろ可哀想って思います。でも、わたしが可哀想だよって言っても、彼《かれ》はそうじゃないって、言うと思うんですよね」

失礼だと思ったし、これがSNSならミュートないしブロックだぜ、ということには変わりがなかったけれど。

それはただ、それだけのことだから。それほど恨《うら》むようなことでもないなと思った。

「だから……多分、この話は堂々巡《どうどうめぐ》りで」

意味もないし、朱葉にとっては価値もない話だ。そして。

「そんな話に付き合ってられるほど暇《ひま》ではないわけです。あ〜〜ドロップきた！」

一晩考えて、朱葉が思ったのは、そういうことだった。

「どうですか？　ふだせん的に。なにか感想ありますか？」

「ドロップ早くない⁉　ねえなんで⁉」

「そこじゃねえよ」

ぐぬぬ、と桐生が言ったあとに、深々とため息をつき、低い声で、本当に、うなるように言った。

「殴《なぐ》りたい……」

びっくりして朱葉が顔を上げる。

「体罰《たいばつ》だめ、絶対！！！！！」

思わず言った、けれど。

桐生は、そのままの調子で、絞《しぼ》り出《だ》すように言った。

「だから、静島《しずかしま》くんに殴ってもらっておけばよかった」

そして朱葉の目の前に、手が置かれた。触《ふ》れることはなかったけれど、大きな手だった。

その手で、桐生が、どんな顔をしているか。朱葉にはわからなかったけれど。

「――なんで俺《おれ》、先生なんだろうね」

その言葉は、本当に、悔《くや》しさに満ちていたから。

朱葉はちょっとかがんで、下から、上目遣《うわめづか》いに桐生を見るようにして。

「まあ、今日は、違《ちが》いますし」

先生と、生徒じゃないし。まあ、デートとも違うけれども、せっかくのお出かけだし。

「楽しみましょう？」

ほら、列が動きましたよと、朱葉が桐生の袖《そで》を引いた。

2 「やっぱ手ブレ補正は必須なわけで」

九十分とあった入場列の待ち時間は、スマホを握《にぎ》って熱くなっていればすぐだった。水分を摂《と》るタイミングをなくしていたから、立ちっぱなしでちょっとめまいがしたけれど、広い展示室に入ると、飾《かざ》られていた絵の大きさに言葉を失った。

元々日本で人気の画家だけれど、今回の展覧会の盛況《せいきょう》は、間違《まちが》いなくその絵の巨大《きょだい》さにあると確信する。国外初の展示だというその絵画の数々は、なによりもまず、「なぜこれを持ってこようと思ったのか」と思わせた。

入場者が多すぎて近づくことが出来ないかと思ったけれど、近づいたからといって見れるものではない。むしろ何歩も下がらなければ、絵全体をとらえることが出来なかった。

美術館らしき静寂《せいじゃく》もなく、あたりをざわめきが包んだ。美術鑑賞《かんしょう》に慣れていないような人も多いのだろう。そんな人のところまで、絵が、届いていることにあたたかなものを感じた。

「キラキラしてる……」

まず飛《と》び込《こ》んできた絵に、口をついて出たのはそんな言葉だった。口を開けた、間抜《まぬ》けな顔をしていたと思う。

「はい」

と、隣《となり》の桐生《きりゆう》から渡《わた》されたのは双眼鏡《そうがんきよう》だった。小型だけれど、結構しっかりしたやつ。

「え、これなに？　ガチ？」

言いながら構えてみると。

「うわめっちゃ見える」

やばいやばいやばいやばい、と朱葉《あげは》が言う。筆致《ひつち》が迫《せま》ってくる。見てはいけないところまで見てしまっているようで、ドキドキする。

「やっぱ手ブレ補正は必須《ひつす》なわけで」

言いながら桐生も双眼鏡を覗《のぞ》き込《こ》んでいる。朱葉が眉《まゆ》を寄せて尋《たず》ねる。

「……なんでふたつ持ってるんですか？」

「それは予備です」

だからその鞄《かばん》は四次元袋かよと。

突っ込みたかったけれど、今回ばかりはその恩恵《おんけい》にあずかっておくことにする。

そろそろとふたり、巨大な絵の前にすり足になりながら、進んでいく。「死に場所まで情緒《じようちよ》がある」「幻想《げんそう》の方がくっきりしてる」「ここに百合《ゆり》を感じる」「美少年っょぃ」「妻もっょい」「はーまた燃えた」「景気よく燃えてる」「すぐカップルの家を燃やす腐女子《ふじょし》みたい」「わかりみ」などとやくたいもない話をしながら。

しかしじきに朱葉がつらくなってきた。

「うう……つら……」

眉間《みけん》をおさえて、噛《か》みしめるように。

「絵がうまくてつらくなる……」

別に自分と比べるわけではないけれど。ただ、やっぱり、圧倒的《あっとうてき》な美術というのは、暴力なのだ。

「特に白がすごいなー……煙《けむり》とか、金属の光、とかが……」

「がんばれ、がんばれ」

隣の桐生からはいい加減な合いの手が入る。もちろん、慰《なぐさ》められたいわけじゃない。その合いの手が入ることで、むしろ一周回って面白《おもしろ》くなってきたことも事実だった。

巨大な作品群を抜け、馴染《なじ》みの深いポスターなどの小品の展示に入る。スペースの関係か、こちらの方が混雑がひどく、空気も薄《うす》かった。

「いやーすごい、すごいしか出ない」

「作品ひとつひとつにオリジナル10000users入りのタグをつけていきたい」

そんなことを言いながら、朱葉達《たち》は人の波の隙間《すきま》から、食い入るように作品を見詰《みつ》めていく。

一点の下絵の前で、思わず朱葉が声を上げた。

「は――？？　ちょっと、ちょっと見て！　この絵アタリ！　アタリがある！！！」

「マジか」

隣の桐生も思わず顔を近づけて見てきた。下絵とされた展示物の端《はし》に、朱葉も慣れ親しんだ、まるを描いて十字を描く、アタリとしか言いようがないアレ、が描かれていた。

「そうか……こんな神でもアタリを描くんだ……なんか……勇気出るな……」

ほろり、と朱葉が目頭《めがしら》をおさえる仕草をしたら、そのまま少し、ぐにゃりと、視界がゆがんだ。

（あれ？）

床《ゆか》が、やわらかくなった、という、感覚。傍目《はため》には、ぐるりと頭を揺《ゆ》らしただけだったけれど。

「早乙女《さおとめ》くん？」

背後に立っていた桐生が、朱葉の両肩《りょうかた》を摑《つか》んだ。しぱしぱと、朱葉は瞬《まばた》きをする。

「あ、すみません……」

謝《あやま》る言葉が口をついて出たけれど、とたん、ガンと頭痛がして顔をしかめる。

「いたた……」

人に酔《よ》ったのかもしれない。夢中で見てたけれど、人が多すぎて、空気が薄かった。この暑さと人混《ひとご》みをなめていたのかも。水分も、塩分タブレットも、摂っておけばよかった、と今更《いまさら》な後悔《こうかい》が脳裏《のうり》をよぎった。

「こっち」

耳元で桐生の囁《ささや》きが聞こえて、人の波から外される。

「大丈夫《だいじょうぶ》です……」

根拠《こんきょ》はなかったけれど、そんなにひどくはない、と言おうとして。

「もう出口だから。いいからおいで」

そう遮《さえぎ》られて、腕《うで》を摑まれて出口へと向かった。

天井《てんじょう》の高い展示室外に出ると、ほっとした。

「医務室とか、行く？」

「いえ、大丈夫だと思います。ずいぶん楽になりました。でも、ちょっと外の空気吸いたいかも」

「じゃあこっち」

エスカレーターは避《さ》けられ、エレベーターで下におりる。見られなかった物販《ぶっぱん》を横目に、（図録だけでも欲《ほ》しかったなぁ）と思ったけれど、我《わ》が儘《まま》は言えない。

外のテーブル席に座《すわ》ると、ほっと息をつく。

桐生は必要以上に心配することはなく、てきぱきと鞄から必要なものだけ出してくる。

「はい、飲み物。タブレット。甘《あま》い物の方がよかったら、黒飴《くろあめ》もあるから」

「ふだせんすごい、猫型ロボットみたい」

冷たい金属製のテーブルに上半身をあずけて朱葉が笑う。桐生も少し笑って。

「未来からきた？」

「そう、具体的には夏のお台場から……」

「冬の装備もぜひお見せしたいところですね」

そんな軽口を叩《たた》き合《あ》って、陽《ひ》の落ちかけた夕暮れの風を感じる。頰杖《ほおづえ》をついて、朱葉を見下ろしながら、桐生がふと、言った。

「膝《ひざ》でも貸そうか」

「え？」

視線だけ、上を向く。桐生の表情は横顔でよくわからない。

「この間のお礼に」

ぱっと、思い出したのは、ふたりきりのカラオケボックスのこと。

「いらないです」

反射で言った、朱葉の答えを予測していたのだろう、「残念」と桐生は言うと、小さく唇《くちびる》の端を曲げて笑った。

「すごくいい気持ちだから、そのうち体験してみるといい」

その言葉に、なんだか少し、下がっていた血がのぼるような気がして。

「………」

帽子《ぼうし》をずらすと、突《つ》っ伏《ぷ》したままで顔を隠《かく》した。その時だった。

コンコン、と音がした。

近くのガラスを叩くようにして。

(え?)

誰《だれ》かが立っている。こちらを見ている。知り合いだろうか? どっちの? え、見つかってもいいやつ? ――大丈夫?

そんなことを思いながら、相手の足下《あしもと》から、ゆっくり見上げていったら。

『かずくん』

そこに立っていた女性の赤い唇が、そんな風に動いた。

続けてマリカ? と小さく呟《つぶや》く、桐生の声がした。

3 「でも、可哀想」

またね、と言って別れた人がいた。

もう昨年の、年の暮れのことだ。あっという間に半年くらい経《た》っていて、でも印象のかわらない人だった。

マリカという名前を、朱葉《あげは》は知っている。それから、大学時代に、桐生《きりゅう》の恋人《こいびと》だったということ。

それから……まだ、桐生に少し、未練というか、執着《しゅうちゃく》があるということ。また会いましょうねと言って別れた、それがこんな風な再会になるとは、思ってもみなかった。

細いヒールのミュールで軽《かろ》やかに歩いてきたマリカは笑顔《えがお》で言う。

「やっぱりカズくんだった。それから、アゲハちゃんよね？」

朱葉はどういう対応をしていいのかわからず戸惑《とまど》って、小さく会釈《えしゃく》だけをした。隣《となり》の桐生は立ち上がって、まだ驚《おどろ》いた顔をしている。

仕事帰りなのだろうか、以前よりも少し落ち着いた格好で、けれどくたびれた様子は見えなかった。

　都会の、その中でも高級な街が似合う人だなと思った。

「久しぶり。すごい偶然《ぐうぜん》。運命かな？」

　そんなことをマリカは言う。彼女《かのじょ》の口調から、この半年、桐生と連絡《れんらく》をとりあっているわけではないということがわかった。わかったところで、どんな気持ちになればいいのかはわからなかったけれど。

　座《すわ》る朱葉の頭上で、二人が言葉を交《か》わす。

「今から見るの？」

「いや、今見終わったところ」

「そうなんだ？　すごい人よね。あたしは会期の頭に来て、迷ったんだけど、結局終わる前に図録を買いに来ちゃった」

　持ってる図録と、作品がかぶるとこも多いんだけど、と言って、マリカは自分の持っている重そうな袋《ふくろ》を見て、言う。

「カズくん覚えてる？　関西の美術館、一緒《いっしょ》に行ったよね」

「うん」と子供みたいな返事を桐生がした。二人がしているのは、朱葉の知らない、桐生の思い出話だった。朱葉はこうしてこの画家の絵を生で見るのははじめてだったけれど、桐生はそうでない、ということがわかった。

それから桐生は、美術館の中のポスターを見上げて、ぽつりと言った。

「まだ好きなんだ」

どこか安堵《あんど》を含んだような呟《つぶや》きだった。

その言葉に、マリカは少し複雑そうな顔をして言う。

「……そりゃね。嫌《きら》いにはならないわよ」

曖昧《あいまい》な、似合わない顔をしたのは一瞬《いっしゅん》のこと。すぐに、いつものように強い表情に戻《もど》って言う。

「見終わったんなら今から暇《ひま》でしょう？　一杯《ぱい》くらいどう？　オススメのお店、近くにあるのよ」

お酒の誘《さそ》い。いたずらっぽく笑って、退路を断つように桐生に言う。

「前の埋《う》め合《あ》わせもしてよ」

前、はきっと去年の年末、クリスマスのことだろう。

その時も朱葉は居合わせたし、埋め合わせをしなければならないとしたら、その一端《いったん》は自分にもある気がした。だから彼女はわざと言っているのだ。

居心地《いごこち》の悪さを朱葉は感じていた。帰ります、と言えばよかった。立ち上がって、先に帰ります、あとはお二人でご勝手にって。

逃《に》げ帰《かえ》るみたいだったけれど、別に、それでいいと思っていたから。

「いや」

桐生が迷わず返事をしたのに、少なからず驚いた。

「彼女を送って行くから」

そんな風に、はっきりと言った。マリカが面食《めんく》らって、それから挑発的《ちょうはつてき》な表情をした。

朱葉は彼女、が誰《だれ》かわからなかったが、自分のことだと少しの時間差のあとに気づいた。

「なあに？　お付き合いはじめちゃったの？」

朱葉が否定のために口を開こうとする前に、矢継《やつ》ぎ早《ばや》に続ける。

「ないわよね。だってまだ、アゲハちゃん高校生でしょう？　それも、カズくんの生徒でしょ？　カズくん、そんなに常識なくないよね？　クソみたいなオタクだけど、だからこそ、それ以外は安全第一安定思考。教職にもついたのに、みすみすそんな危険な橋は渡《わた》らないもんね。アゲハちゃんにだって負担だし、リスクを負わせることになるもの」

ああ、えぐってくるな、と朱葉は思う。周りにあまり、人がいなくてよかった。知らない人でも、聞かせたい会話じゃない。

「そもそもカズくん。そんな危険な橋を渡りたがるほど、恋愛《れんあい》に夢中になるタイプでもないじゃない」

もっと、好きなもの、たくさんあるんでしょう？

マリカの言葉は的確だった。その通りだと思ったから今更《いまさら》、傷ついたりはしないけど、それでも、それなりに刺《さ》さる自分がいた。どうしてこんな言葉を聞かされないといけないのかなと、恨《うら》みがましくも思った。

「お付き合いはしてないよ」

はっきりと桐生は答える。その桐生の言葉も、ちょっと刺さったけれど、そうだそうだと朱葉も思ったのだ。

お付き合いは、していない。

「……だけど、今日は」

続けて桐生が言う。

「俺《おれ》が、彼女と来たかっただけ」

ぽかんと、口を開けて朱葉が桐生を見上げた。

対するマリカはといえば、細くて美しい眉《まゆ》をキリリとつり上げて、桐生のことを睨《にら》んだ。苛立《いらだ》ちのこもった視線だった。

けれど、すぐにその視線の先を、桐生から座ったままの朱葉に切《き》り替《か》えた。綺麗《きれい》な笑顔を浮《う》かべて。

「つまんなかったでしょ？　カズくんて、気の利《き》いた話も出来ないし、デリカシーもない。それにすぐに携帯《けいたい》見たり、ゲームしたり、あげくの果てにこっちと話してても漫画《まんが》読んでたりするし、幻滅《げんめつ》したんじゃない？」

桐生のことを貶《おとし》めようとした、というよりは、共感に似た響《ひび》きだった。その表情にも朱葉に対する棘《とげ》はなかった。もちろん、かつて、先にいくらかの時間を共有した優位性は見せつけられたような気がしたけれど。

心から朱葉のことを、同情しようとしたみたいだった。

そしてそれは、かつての自分に対する同情でもあるのだろうと思った。思ったし、わかったけど……。その上で。

「……つまんなくなかったです」

朱葉は座ったまま、少し、背筋を伸《の》ばして、膝《ひざ》の上で拳《こぶし》をかためて、まっすぐにマリカを見上げて言った。

「つまんなくなかったですよ」

今度こそ、鳩《はと》が豆鉄砲《まめでっぽう》をくらったような顔をマリカはした。

「……そう」

その綺麗な顔から、表情を消して小さくそう呟いた。

「じゃあお似合いかもね」

そして顔を上げた時、彼女の目は、もっと強くて深い色に光った。

「でも、可哀想《かわいそう》」

強い目で、強い声だった。

「可哀想よ。アゲハちゃん、きっと傷つくわ」

魔女《まじょ》のような言葉で。呪《のろ》いをかけるみたいに、言った。

「あたしみたいに」

そのまま返事を待たずにマリカは背を向けて、歩いて行ってしまう。ヒールの高い靴《くつ》で、伸びた背中で。振《ふ》り返《かえ》らずに。

嵐《あらし》のような人だった。

4 「悪い男は、俺だけでいい」

「ごめん」

マリカの姿が見えなくなって、どすん、と桐生《きりゅう》が椅子《いす》に座《すわ》った。

ため息を隠《かく》すように口元に手をやって、なんだかすごく考え込むような横顔だった。

朱葉《あげは》は桐生の横顔を見て、去って行ったマリカの背中を思い出す。

「いいんですか、謝《あやま》る相手」

思わず、言ってしまう。

「わたしだけで」

我ながら、意地の悪い言葉だとは思ったけれど、思い切って続けた。

「マリカさんも傷ついてると思いますよ」

言ったらちょっと胸が詰《つ》まった。多分、同じ女としてこんなのは同情なのかもしれない。

本人に知られたら、自意識もプライドも人一倍あるであろう彼女《かのじょ》のことだ。それこそ呪《のろ》われてしまいそうだけれど。

朱葉を傷つけようとしたあの言葉は、多分、彼女自身《じしん》を過去に、もしかしたら今も、傷つけている言葉なんじゃないかと思った。

「…………………」

桐生は考え込むみたいに、額をおさえて首を振ると、少しだけ疲労《ひろう》のにじむ声で言った。

「………マリカには、多分ずっと、間違《まちが》った選択肢《せんたくし》をとり続けてきたんだと思う。あんまり正解をとったことがないから、今でもなにが正解なのか、よくわからない」

選択肢って……と思わなくもなかったけれど、とりあえず朱葉は黙《だま》って聞いた。

「だから、本当は」

陽《ひ》の落ちかけて影《かげ》が色濃《いろこ》くなって。

「ぱぴりお先生にだって、間違った選択肢をとり続けてるんじゃないかって思うことがある」

そう続けられた言葉に、いよいよ朱葉は呆《あき》れて、言ってしまった。

「人間関係はゲームじゃねーですよ」

うん、と頷《うなず》いて振《ふ》り返《かえ》った桐生が、親指と、人差し指で、朱葉のバストアップを切り取るみたいな仕草をして言った。

「ゲームだったら楽なのに」

なるほどこれが、あのマリカさんを怒《おこ》らせるダメ選択肢か、と思わなくもなかったけれど。

朱葉は呆れこそすれ、何故《なぜ》かあんまり怒《いか》りがわかなくて。むしろ、いつもの調子が少し戻《もど》ってきたことに安堵《あんど》して、自分も、親指と人差し指で桐生を切り取りながら言った。

「ふだせんはねー。結構ちょろいです」

攻略《こうりゃく》キャラとしては。イラスト一枚、コピー本の一冊でいくらでも懐柔《かいじゅう》出来るし、課金もいらない。

「知ってる」

と桐生が小さく笑って言うと、

「でも、ぱぴりお先生がチートなだけだよ」

そう、付け加えた。

俺に特攻《とっこう》が入るだけだから、と。

朱葉はその言葉に、「そうかなぁ」と呟《つぶや》いてみる。少しの照《て》れ隠《かく》しと、それからほとんど本音で。

「わたしが本当にチートなら、もっと最強で、うまく攻略出来たんじゃないですかね」

こんな風に、色んな人に可哀想《かわいそう》とか言われることもなく。

もっと、なんかわからないけど、うまくやれたはずだった。

「それは攻略相手のバグだよ。ぱぴりお先生のスキルもパラメータも、本当に最強だ」

「信じられないなぁ」

チートだったら今頃《いまごろ》ハーレムだったはずなのに。好きな人の、ひとりも落とせる気がしない、と心の中だけで思う。

攻略とか。

チートとか。

冗談《じょうだん》めかして言っているけれど、すれすれの会話だ。どこまで本気かわからないし、どこまで本当かもわからない。でも、悪い魔法《まほう》があれば、善い魔法もある、なんてことを朱葉は思う。

今日、ここに来たこと、一緒《いっしょ》に楽しんだこと。

なにかのチート能力が作用したボーナスみたいな魔法なら。

朱葉は片手を持ち上げて、桐生に差し出す。

「送ってくれるんですよね。直結の駅は混《こ》んでそうだから少し歩いて。この先の駅まででいいですから」

わたしのこと、チートだって言うなら。

これくらいは、許されたい、と思った。

「……うん」

桐生が立ち上がり、朱葉の手を取って、ゆっくりと歩き出す。

もう、夜はすぐそこまで来ているようだった。

歩き慣れない大人の街は、その時間帯も相まって、朱葉にとってどこか異国めいていた。桐生は駅までの道は頭に入っているようで、スマホを開くこともない。

なるほど、と朱葉は思う。

片手が塞《ふさ》がっていると、ゲームがしにくいものだ。わからないけれど、マリカさんもこういう風に桐生の性質をうまく操《あやつ》っていけたらよかったのにと思いながら、こんな時に他の女性のことばかり考えているのも、おかしいことだなと同時に思った。

ただ、こんな時でもないと、聞けないこともあるので。

朱葉は桐生にマリカのことを聞いたし、ぽつりぽつりと、断片的《だんぺんてき》にではあるけれど桐生も話してくれた。

もちろん、踏《ふ》み込《こ》んだことなんてひとつも聞かなかったけれど、桐生の中で、マリカとのことはいい思い出となっていることが多いようだった。彼女の冴《さ》えたデザインセンスや、漫研《まんけん》サークルの面白《おもしろ》かった話なんかを聞いて。

迷ったけれど、朱葉は桐生に尋《たず》ねた。

「もう一度、やり直したいって言われたら。どうするんですか」

終わってしまったことかもしれないけれど。

悪い思い出じゃないなら。もしも、もう一度やり直したいと言われたら。

カップルも多い夜道を歩きながら、桐生が答える。

「なんて返すかは……その時にならないとわからないけど」

出来るだけ嘘《うそ》のない、誠実をにじませる声で。

「俺《おれ》は、ぱぴりお先生との取引を反故《はご》にするつもりはないから」

その答えに、朱葉は自分達《じぶんたち》の間にある取引のことを思い出した。あのクリスマスを。「卒業まで誰《だれ》とも付き合わない」という取引を。

立場や立ち位置を抜《ぬ》きにして、かろうじてよるべにするのは、あの取引ひとつなのだろう。あのささやかな約束が、自分達を支えているように思えたし、その一方で、自分達を縛《しば》っているようにも思えた。

「……ごめん」

もう一度、桐生が言った。

「なにに対する、ごめんですか」

「いや……俺が、ひどくて」

きっと、ぱぴりお先生のことも傷つけている、と桐生は言った。朱葉は行く先に駅の淡《あわ》い光を見ながら桐生の手を引き、足を止めて言った。

「わたしは今のところ、傷ついたことないです」

呆れることもあるし、怒ることも、まああったけれど。桐生に傷つけられたことは、これまでない、と朱葉は思った。

「でも」

強めに、手を、握《にぎ》って。

覚悟《かくご》を決めて、朱葉が言う。

「別に、傷ついてもいいと思ってますよ」

虚《きょ》を突《つ》かれたような顔を桐生はした。驚《おどろ》かせたな、と朱葉は思って、ゆっくりと握った手を離《はな》す。

そして、安心させるように笑って、言う。

「傷つきたいわけじゃないですけどね。そこは、大事」

その時、ふと、ビル風が吹《ふ》いて、朱葉の帽子《ぼうし》が煽《あお》られた。「あ、」と朱葉が声を上げ、数歩駆《か》け出《だ》した桐生が朱葉の帽子を拾った。

「早乙女《さおとめ》くん」

そして、朱葉の名前を呼び、背を向けたままで続けた。

「…………なにか、希望や、要望があったら言って。見捨てないでくれるなら、俺は反省と、努力をする」

　俺は多分、うまくはないけれど。

　知ってるよ、と朱葉は思いながら。

「——そんなこと言って」

　少しばかり意地悪な気持ちが頭をもたげた。

「わたしがすごく、わがまま言うようになったらどうするんですか」

　目を伏《ふ》せ、ちょっと笑ってそう尋ねた。なにをどうとか、別にないけど。もしも、もしもわがままを言ったとしたら、桐生はどうするんだろう。

　この魔法みたいな時間に。

　これ以上を、今、望んだら。

　けれど桐生は振り返ると、朱葉の頭に帽子を乗せて。

「言ったら？」

　向かい合わせに、低い声で言う。

「言ってごらん」

　その響《ひび》きと近さに、声に、言葉に、朱葉は唐突《とうとつ》に、どうしていいのかわからなくなる。

迷子みたいに途方《とほう》に暮れて。

　硬直《こうちょく》して、言葉を失ってしまう。時間にしてみればほんの少しの、永遠めいた、沈黙《ちんもく》のあとに。

「――嘘だよ。ずるいことを言いました」

そう言った桐生が、朱葉の頭をぽんぽんと叩《たた》く。

「そのままでいいよ。早乙女くんは良い子でいてください」

そんな風に、どこか突《つ》き放《はな》すようなことを言ってかぶせた帽子を、目深《まぶか》にさげた。

そうして、朱葉の視界を奪《うば》って。

「悪い男は、俺だけでいい」

囁《ささや》きは耳元に。

ぴりりと電流が走ったような気がしたのは、きっと錯覚《さっかく》なのだろう。息も止めていたのか、吐息《といき》らしい風も感じなかった。指に感じていたよりももう少し高い熱を、頰に感じたのは錯覚だったのかもしれない。

驚き、朱葉が顔をあげる頃《ころ》には。

「じゃあ、気をつけて」

桐生はもう、背を向けて歩き出していた。

「おやすみ」

最後の言葉はそんなもので。背中が人混みにまぎれ、消えていく。その背を見ながら。

（ずるい）

悪い、と同時に思う。

(先生だって、特攻じゃん、こんなの……)

チートなんてどこにもない、と朱葉はその場でしゃがみこみ、しばらく立ち上がれそうにもなかった。

5 「思い詰めたナッセージ」

早乙女《さおとめ》朱葉《あげは》は混乱していた。

電車にどうやって揺《ゆ》られて帰って、夕飯に何を食べたか覚えてないけれど、ベッドに横になってようやく人心地《ひとごこち》ついた。

（いやいや……）

人心地ついた、といってもなにひとつ心は落ち着いていなくて。

（あれは、なんだ……？）

何度も思い返しては、頭に血が上る。

（えー……えー……）

どういう流れで、ああなったんだっけ。

わがままを言ったらどうするのかと尋ねた。確かに自分は挑発《ちょうはつ》めいたことを言ったかもしれない。

言えばいいと、桐生《きりゅう》は答えた。そのくらいから、ちょっと様子がおかしかった、と朱葉は思い返す。

(悪い男だ)

あれは自分の知らない、イケメンの桐生先生でも、腐男子《ふだんし》のふだせんでもない。

悪い男だ、と朱葉は思う。

誰《だれ》かに聞いて欲《ほ》しいし相談したいけれど、ふさわしい相手が見当たらない。夏美《なつみ》に全部話しておけばよかったとも思うし、話したとしても、言えていたかどうかは、わからない。突然《とつぜん》のことで、あんまりにびっくりして。

(……だから、なんだろう)

心の準備が出来てなかったし、びっくりしたし、うろたえた。だけど。だから、なにかと言われたら、答えが、でなくて。

(…………どうすんだよ)

週が明けたら、いやがおうにも会わなきゃいけない。

なかったことには出来そうになくて、結構本気で途方《とほう》にくれた。

結局土日はひとりで悶々《もんもん》と過ごして、考え込んでしまうと夜しか眠《ねむ》ることが出来なくて

(まあそれでも夜はちゃんと寝《ね》た)、週が明けた。

「はい、おはよう、遅刻《ちこく》になりたくなきゃ座《すわ》れよー」

チャイムとともに教室に入ってきた桐生が、教室中を一瞥《いちべつ》していく中で、一瞬《いっしゅん》ばちりと、朱葉と目が合った。

「!」

とっさに、目をそらしてしまったら、次の瞬間《しゅんかん》、ガシャン!! と音が鳴った。

「!?」

驚《おどろ》いて見返すと、桐生が壇上《だんじょう》に上がる段差に躓《つまず》いてオオゴケしている。「先生!」「きりゅせん大丈夫《だいじょうぶ》ー?」「え、ボケ? ネタ? マジ?」と教室もざわつく。

よろよろと立ち上がった桐生が、うなだれながら、

「……月曜日で気が抜《ぬ》けた」

とかなんとか言っているけれど。

(ショック受けてる……?)

呆《あき》れたように、朱葉が思う。

まだ直視は出来なかったけれど。その哀《あわ》れな姿に、ちょっと溜飲《りゅういん》が下がったことは確かだった。

月曜日は生物の授業もなかったため、朝礼と終礼《しゅうれい》中にうつむいていれば、顔をあわせることもなかった。委員長の仕事も確かにあったけれど。

「この間の分、代わってよ」

そう都築《つづき》に押《お》しつけたら、都築は「おーけーおーけー」とへらへら日誌を受け取った。

そういえば、例の女の子、どうなったの？

と思ったけれど、わざわざ聞きたいほど興味がわかなかった。校内で追いかけられていないところを見ると、うまいことやったのだろう。

彼《かれ》はうまいことやることには長《た》けた人間なのだろうから。

「朱葉ちゃん」

日誌を摑《つか》みながら、上目遣《うわめづか》いで都築が尋《たず》ねる。

「なんかあった？」

ざわついた教室で、誰と、という話を避《さ》けたのは、多分都築の配慮《はいりょ》なのだろう。そういう気遣《きづか》いは、出来た人だなって朱葉も思うけれど。

「都築くんに言うようなことは、ないよ」

きっぱりとそう答えたら、都築は意外そうに眉《まゆ》だけ上げた。

それから、もう少しいたずらっぽく笑って続けた。

「じゃあ、デートの話は？」

朱葉は軽くため息をつき。

「お断り」

クールに答える。まだ何か言おうとしている都築に対して、

「やっぱりわたし、都築くんのこと考えてる暇《ひま》ないから」

遠慮《えんりょ》しとく、と言えば、

「残念」

と、特別残念でもなさそうに都築は笑って、

「じゃあ、俺《おれ》がんばっちゃわないと」

とかなんとか言っていたけれど、朱葉はもう聞かずに教室を出て行く。

部室の鍵は、一年生の咲《さく》が開けてくれたのだろう。

部室に入ると、「先輩《せんぱい》、おつかれさまです〜」という咲のどこか気の抜けた挨拶《あいさつ》が聞こえた。

「おつかれさま。……咲ちゃん、どうかした？」

部室の机に、図録《ずろく》のような分厚い本を抱えて座っている小さな身体《からだ》に元気がなかった。

お腹《なか》でも痛いのかな、と思っていたら、「ううう、先輩聞いてくださいます……？」とべそついた言葉。承諾《しょうだく》の意味で向かいに座る。

「咲って、あんまり空気読めないところあるじゃないですか」

切り出された言葉に、朱葉は「ううん？」と曖昧《あいまい》な返事をした。確かに言いたいことに心当たりはあったけれど、手放しでそうだねと言うのも可哀想《かわいそう》な気がして。

「それで、最近、好きな書き手さんに気持ち伝えたくて、思い詰めたメッセージを送ってしまって……」

「思い詰めたメッセージ」

朱葉が鸚鵡返《おうむがえ》しをする。

「ちなみに、どれくらいか聞いても？」

「…………ろくせんじくらい……？」

なかなか詰まってるな、と口には出さず朱葉は思った。けれど思いは伝わったようで、

「だってだって」と咲がくだをまく。

「長くシリーズを書いて続けていらっしゃって、完結して、それがもう、それがもう名作だったんですよお！」

イイネとか！　ブクマとか！　コメント欄《らん》とかスタンプとかじゃこの気持ちがおさまらなかったんです！　と力説はするものの、そのましゅん、としおれた。

「でも、お返事もなにも返ってこなくて、ＳＮＳも沈黙《ちんもく》しているし、もう、なんだか、嫌われちゃったんじゃないかって、気が気じゃなくて……もしも、作品下げられたりしたら、後悔《こうかい》してもしきれません……」

かといって、謝《あやま》ることも違う気がするし。こんな時って、どうしたらいいですか⁉　と咲はもう涙目だった。

「う――――ん」

その質問は先生に聞いた方がいいのではないか、と思わなくもなかった。思いを詰めることに関しては、彼の方がプロフェッショナルなような気がしたから。でも、咲は今、その思いを受け取る側のアドバイスが欲しいのだろう。

「……思いを、受け止めきれないことって、あるとは、思う」

考えながら、朱葉は言う。

「わたしは大体どんな感想でも嬉《うれ》しい！　って思うけどね。褒《ほ》められてればその方が嬉しいし。でもそうだね、長くて重たい感想とかラブコールをもらったら、それにふさわしい言葉は返せるかなって考えちゃうかな」

「やっぱりご迷惑《めいわく》ですか⁉」

「いやいや、迷惑とか負担とかそういうのとも違って。受け止めたいなぁって思うけど、受け止めるのは時間がかかっちゃうんじゃないかなってこと」

もちろん、受け止めきれない思いもあるだろう。びっくりしたり、戸惑《とまど》ったりも、するかも。

「でも、長い話を書いてくれてるんなら、人にもよるけど、受け止めようとはしてくれるんじゃないかなって思うよ」

朱葉の言葉を、咲は神妙《しんみょう》な顔で聞いている。

「それでね」

頬杖《ほおづえ》をついて優しく笑いながら、朱葉が言う。

「せっかく好きになってくれて、そういう風に言葉や気持ちをかけてくれたんじゃない。すぐに受け止めきれなかったり、気持ちを返すのに時間がかかったりしても、そうして、言ってくれたことに後悔したり悲しんだりはして欲しくはないんじゃないかな、って思うよ。それが、一番悲しいじゃない？」

作品と感想は、キャッチボールみたいなものだ。

キャッチボールはボールだから、たまに、強すぎたり、思いも寄らないところに飛んで行ったりすることがあるだろう。

でも、ボールはまた、拾えるし。そのボールを探しに行って拾うのは、投げた方でも、投げられた方でもいいはずだ、と朱葉は思っている。

明後日《あさって》の方に行っちゃったから、ボールなんか投げるんじゃなかったって思うことが、一番悲しい気がする。

それより、ボールはもしかしたらどこかに行っちゃったかもしれないけど、遠くからでも手を振ってくれたら、嫌《いや》な気持ちにはならないんじゃないかな、と朱葉は言いながらなんだか、自分自身が落ち着くような気持ちになった。

一方で、桐生のことを、考える。

桐生だったら、どうするだろう。多分彼は、ボールがどこかに行っても好きなことはやめないだろう。

（先生なら、祈れって言うかもしれないな）

行き違うことがたくさんあるけど、好きな気持ちで、祈ってくれてるかも。今も。そう思うことが出来た。

だからゆっくり咲に微笑《ほほえ》んで、朱葉が言う。

「好きだって、咲ちゃんの気持ちを大事にしてあげよ」

また作品書いてくれるといいね。だって、好きなんでしょう？　そう尋ねたら、咲はずいぶん感極《かんきわ》まった様子で、

「先輩……咲、やっぱり、先輩が先輩でよかったです……！」

と言った。朱葉は照《て》れくさくなって笑う。それから、咲の腕の中を改めて見た。

「ところで咲ちゃん、なに抱えてるの？」

彼女が抱えていたのは、雑誌でも薄《うす》い本でも漫画《まんが》でもない、かなりの重量のある図鑑《ずかん》のような本だった。

「あ、そうこれー！」

持ち上げて見せられた、その図鑑……図録の表紙に、朱葉が少なからず驚く。

「――それって」

ついこの週末に、朱葉が桐生と訪れた展示会の図録だった。

「そうです～！　素敵《すてき》ですよね！」

「咲ちゃんも行ったの？」

「え？」

これって朱葉先輩の私物じゃないんですか？　と咲。

いくつかデッサン書などが並べられた棚《たな》を指して。

「そこの、資料棚にさしてありましたよ～！　咲、行きたかったけど行き逃《い》《のが》してしまって、だからすごく嬉しいです！」

と言った。

「そうなんだ……」

「あ、あとこれも積んでありました！！！」

そして咲が差し出したのは、いくつも箱の積まれた……見覚えのあるお菓子《かし》で。

それを見た朱葉はため息をつくと、

「……咲ちゃん、きのことたけのこだったら、どっち好き？」

ちょっとした興味で、聞いてみたら。

「咲、どっちも食べたことないです！」

とほがらかな返事だった。

（そういえばこの子の差し入れ、いつも高級菓子かお茶だった……）

気づかなくてもいいことに気づいてしまった気がする。それから朱葉は気を取り直しながら、

「……じゃ、食べながら一緒に見ようか」

開いた箱の中から、ひとつ、つまむ。

「わたし、こっちが好きなんだよね」

たけのこの形をした、チョコレートを。

第2章

神様のねがいごと

1 「俺達ファンと彼らは、織り姫と彦星なのではあるまいか?」

今年の夏は、冷夏になるとか猛暑《もうしょ》になるとか。そんな予報を耳にする前に、容赦《ようしゃ》なく列島の温度計はぐんぐんスコアをあげ、七月をクーラーなしで過ごしていた頃《ころ》を思い出すことはもう出来ない。

たまにまとまった量の雨が突然《とつぜん》降り出すのが梅雨《つゆ》らしい唯一《ゆいいつ》の時間で、あとはただ、強い日差しがコンクリートを焼いている。

異常気象も慣れてしまえば日常で、特に、高校三年生の夏は本当にめまぐるしい。

「つっかれた～!」

長期休業《きゅうぎょう》を前にしたテストの最終科目がようやく終わり、朱葉《あげは》が大きくのびをする。

「あげは～ごはんどうする?」

同じくぐったりした様子の夏美《なつみ》が朱葉に尋《たず》ねてきた。

「あ、今日購買《こうばい》やってないんだよね? わたし持ってきてないから、コンビニ行きたいんだけど。朝寄ってこれなくて」

「いいよお。付き合う。アイス買うんだ～」

教室はつかの間の解放感にあふれていた。「帰りて～」と男子が叫《さけ》ぶ。

試験が終わったのだから、通常であれば午前で帰宅出来るはずだったが、三年生は昼食を摂《と》って午後からは自習となっている。

「ほーんと、こんな日にやってらんないよね、進路面談なんてさ～」

「まあ、こんな日だからなんじゃない？　授業時間はなかなか潰《つぶ》せないんでしょ」

午後の自習時間に合わせて、個人面談が予定されていた。先月出した進路調査用紙を踏《ふ》まえて、というわけだ。

かったるいし、やってられないけれど、それでもまあ、テストよりはましだ。自習だって、監督《かんとく》もいないからみんなここぞとばかりにサボるに違《ちが》いない。

朱葉も周りに気づかれない範囲《はんい》で、今やっている原稿《げんこう》を進めるつもりだった。なんせ入稿《にゅうこう》は来週末なので。

夏美に借りた日焼け止めを首筋に塗《ぬ》りながら、下駄箱《げたばこ》までやってくると、そこに人影《ひとかげ》があった。

「あれ、都築《つづき》？」

靴《くつ》を履《は》き替《か》える人影に声をかけたのは夏美だった。

朱葉達《たち》もコンビニまで行こうと思っていたけれど、都築はなんだか違っていた。いつも周りに人が絶えないのにひとりだし、ぺしゃんこの鞄《かばん》を脇《わき》に抱《かか》えていた。

「どこ行くの？」

夏美の言葉に、ぺろ、と都築は舌を出し、

「サボり〜！」

うひゃひゃ、と軽薄《けいはく》そうに笑いながら外へ駆《か》け出《だ》して行った。

「なんじゃありゃ」と夏美が呟《つぶや》く。

「派手なサボりだこと」と朱葉も呆《あき》れて、ため息をついた。


「早乙女《さおとめ》さん、どーぞー」

「ありがと」

出席番号が前の子に呼ばれて教室を出る。じわじわと暑い廊下《ろうか》を過ぎて職員室の隣《となり》、小さな生徒指導室をノックする。

「どうぞ」

中から声がして、「失礼します」と入れば、名ばかりの自習で騒々《そうぞう》しい教室よりも、ずいぶん温度の低い空気に包まれた。

毎日教室で見ている顔が座《すわ》っていた。対面式に合わせた机には、進路指導用の資料やプリントが積み上がっている。

先生らしい先生なのに、二人きりだから、ちょっと変な感じだった。据《す》わりが悪い、というか。

心の置き場が難しい、というか。

（そういや最近、あんまり喋《しゃべ》ってなかったしな……）

テスト前は部活動が停止になるせいだった。準備室で話していた時も、テスト期間は、あまり顔を合わせることがなかったのもある。

「ええと、早乙女くんは……」

あくまでも事務的に桐生《きりゅう》がファイルをめくり、進路調査用紙を覗《のぞ》く。

「地元と都内の公立が志望か」

「まだ、滑《すべ》り止《ど》めと学部は迷ってて……」

「芸術系とかは考えないのか？」

水を向けられて、ちょっとだけ驚《おどろ》いた。それから、（ああ、先生だな）と変な感慨《かんがい》も持ってしまった。

うまく言えないけど、なんとなく。

いろんな意味で、先生だ。

「あんまり考えてないですね。絵は好きなんだけど、これで食べていきたいって、どうしても思えないっていうか……」

口に出してみると、気持ちがするすると形になるのがわかった。

「こればっかりになったら、なんか、色んなことに悩《なや》んで、嫌《きら》いになっちゃいそうで」

本気とか、本気じゃないとか、そういうのとは違うんだけど。

朱葉の言葉に、「うん」と桐生が抵抗《ていこう》なく頷《うなず》いた。

「俺《おれ》もそれでいいと思うよ」

そう言われて、ほっとした。ここにきて進路のことを桐生と話すのは、ほとんどはじめてだったことに気づいた。

あんなに二人、いつもは話が尽《つ》きないのに。否《いな》、尽きなかったからこそだろうか。

進路調査用紙を眺《なが》めながら、桐生がなんということなく言う。

「第一志望の大学は、俺も出身だ」

「……うん」

知ってた。だから選んだわけでもないけれど、桐生の出身大学ということは近所のおねーさんも通っていた大学ということで。

どれも決め手に欠ける中でなんとなく書いていた。

「どうです？　おすすめですか？」

ちょっと誤魔化《ごまか》すように早口で尋ねるけれど、桐生は少し口をへの字に曲げて、

「うーん……どうだろうなぁ……。正直……」

真剣《しんけん》な顔で呟いた。

「オタクやってたことしか記憶《きおく》になくて……」

「おいしっかりしろよ教育者」と思ったし言ったけれど、まあ知っている。先生はそういう人間だ。

「まあ、オープンキャンパスか学祭に行ってみるのも手なんじゃないか？　うまく都合がつきそうなら、付き合うよ」

「え、大丈夫《だいじょうぶ》なんですか？」

「まあ、大丈夫なんじゃないかね。そういう口実でもなければ母校なんて滅多《めった》に行かないし。他にもこの大学志望者はいるから何人かまとめて……」

「ああ……ああ、そうですね」

二人で、というわけではない。当たり前だった。全然がっかりはしてない。当然だと思っている。

「ただ……」

と、桐生がこれまでになく眉《まゆ》を寄せて言う。

「学部によっては今の成績だとちょっとな……」

「わ――わかってます！　それは！　わかっています！　ギリの判定も出てます！　それは、それで……考えます……」

高望みはしないけれど、努力をするつもりはあるのだ。

夏休みもあるし。

（もうすぐ同人活動も休むし）

ちらりと、朱葉が桐生を覗き見る。

決めていたことだし、順当だろうと思う。この夏前のオンリーイベントで、直接参加と新刊の発行をお休みする。

オタク自体はやめるつもりはないし、絵だって描《か》き続《つづ》けるけれど。

視線に気づいて桐生が小さく首を傾《かし》げる。

「？　なんだ」

「いや、なんでも……ないです……」

決めていたけど、でも、言えなかった。

なんとなく。踏《ふ》ん切《ぎ》りがつかなくて。桐生が見ているSNSでもきちんと伝えられないでいる。最後の直接参加だと、そろそろ言うべきだとは思っているけれど。

「まあ、あとは早乙女くんの頑張《がんば》り次第《しだい》だ。いつでも相談には乗るよ。……志望校は自宅から通える範囲ばかりだけど、一人暮らしは考えてない？」

「あ、はい、家を出るつもりはないです」

親はこうしろと強くは言わない。けれど、朱葉の気持ちとしては、そうだ。都心に電車一本で出られる距離《きより》を手放すつもりはない。オタクはやっぱり都市住まいで受ける恩恵が大きい。

都市型オタクだったこともあって、他を知らないせいもある。

それからいくつかの簡単な質問に答え面談を終えた。

「じゃあ、次……」

「はい、次の子呼んで来ますね」

朱葉が立ち上がろうとした瞬間、ぐっとその手を桐生が引く。

「その前に、三分だけ、いい？」

真剣な瞳《ひとみ》で乞《こ》われて、朱葉が目をぱちくりとさせると座り直す。満を持して、これまでの余裕《よゆう》のある担任教師の顔から、深刻な、切羽《せっぱ》詰まった声で桐生が言った。

「七夕《たなばた》、きましたね」

「今、それ言う？」

思わず朱葉が言うも桐生の言葉は止《や》まない。

「今言わないでどうするというか何日もひとりで抱《かか》え込《こ》めるかこんなのいきなり七夕の夜に突然のＳＮＳ復活はやばいしか出ないやばいしか出ない!!」

桐生が言っているのは先週の七夕の夜の話だった。桐生も朱葉も好きな人気アイドルコンテンツが、七夕の夜限定でSNS発信を行ったのだ。

「一年に一度とは言わない、いや一年に一度であってもいいまた一年がんばれる」

「しかもあのカプは言わば本編でも遠恋《えんれん》カプなわけじゃないですか。それをこの七夕一日だけの邂逅《かいこう》ってエモエモ中のエモ」

「そう、たとえ県をまたごうと国をまたごうと『会いたかったからチャリできた』と言っても許される同人時空を愛する俺達だが、やはり距離があるということをも楽しみたい!!そこには会えたときの感動があるのだから!!」

桐生が感激にむせびながら言い、はっと気づいて告げた。

「もしかして……俺達ファンと彼らは、織《お》り姫《ひめ》と彦星《ひこぼし》なのではあるまいか?」

「先生その面《つら》で織り姫のつもり?」

思わず言ってしまった。いや、いいけど。別にいいけど。

ひとしきりそんな話をして、約束の三分。(きりがないので朱葉が計っていた)

次の生徒を呼んでくるために立ち上がった朱葉が、桐生を振《ふ》り返《かえ》り言う。

「そういや先生、都築くん、なんかサボって帰っちゃったみたいなんですけど。いいんですか?」

「いーわけねーでしょ」

すでにサボタージュは桐生の耳に入っていたようだった。青筋を浮《う》かべて桐生が言う。

「あいつには別日、別時間でたっぷり個人指導してやりますか！」

その返答に。

「おつかれさまでーす」と言いつつ。

個人指導ってエモいな、と思ったけど、今まさに個人指導を終えたばかりの朱葉は、そうとは言わずに指導室をあとにしたのだった。

2 「どっちが攻め!?」

「やっと、捕《つか》まえたぞ……」

「やだ先生、そんなに俺《おれ》のこと……?」

「ああ、寝《ね》ても覚めても、朝から晩までな……!!」

「待って! ちょっと考えさせて! 俺だって心の準備が……!!」

「もう待てない」

そんな、と都築《つづき》が上目遣《うわめづか》いに桐生《きりゅう》に尋《たず》ねる。

「優《やさ》しく、してくれる……?」

ぶち、と血管が切れる音が聞こえたような気がした。

「やかましいわ!! とっとと生徒指導室に来い!!!」

ついに首根っこを摑《つか》まれ、都築は桐生に連行されていった。教室の後ろでのやりとりだったので、教室からは拍手喝采《はくしゅかっさい》で見送られた。「ついに」「おめでとー」「年貢《ねんぐ》おさめろー」「お幸せに!」とクラスメイトはおおうけだ。

「ケッコンオメデトー」

朱葉《あげは》も棒読みで拍手《はくしゅ》をしている。個人面談から数日、逃《に》げ続《つづ》けていた都築がついにお縄《なわ》になった瞬間《しゅんかん》だった。


『ね、なんで逃げてるの』

そう朱葉が都築に尋ねたことがあった。

別に興味があったわけではないけれど、日誌当番などを押しつけてくるから朱葉には実害が出ていたのだ。

『だって話すことなんてねーじゃんね？』

俺の進路、先生に関係ないしょ。

ニコニコ笑って都築が言った。でも、その笑顔《えがお》もなんだか嘘《うそ》くさかった。

『担任だし、関係ないってこともないと思うけど』

『ナイナイ。学校卒業したら他人じゃん。ビタイチ俺とも関係ないじゃん！　俺の未来に関係あるのは俺の恋人《こいびと》ぐらいじゃない？　どう朱葉ちゃん、俺とカンケイしてみない？』

『あ、そういうの興味ないんで……』

『進路聞いてきたじゃん〜！　それはまさに恋のはじまりだよー！　俺の将来が気になって仕方ないんでしょ？』

『わたしが気にしてるのはむしろ都築くんの委員長業務ですかね』

『委員長には申し訳なく思ってるよ！　是非《ぜひ》お詫《わ》びをさせて欲《ほ》しいな』

ぐい、と肩《かた》を抱《だ》いて。

『どう、俺と海でも行かない？　俺、夏休みになったら毎日でも海に行きたいと思ってるんだ。海の俺を見たら……惚《ほ》れるよ？』

『大丈夫《だいじょうぶ》？　陸に上がってこない方がいいんじゃない？』

朱葉の言葉にケラケラと都築は笑った。つくり笑いじゃなくて、楽しそうに。

結局、どうして都築が個人面談から逃げ続けているのかはわからなかった。案外、理由なんてないのかもしれない。

将来のことで話すことなんてない。

本当にそうだとしたら、それは……なんだか強い生き方だなとも、朱葉は思うのだった。

で、生徒指導室に連行されていった都築だが、結局早々に逃亡《とうぼう》をはかったらしい。

購買《こうばい》に向かう朱葉の隣《となり》をすり抜《ぬ》けて、都築が階段を駆け下りてくる。

「いい加減にしろ！　親からも頼《たの》まれてるんだからな！」

「頼んでなんてねーよ！　押しつけられてるだけ！　ご愁傷《しゆうしよう》さま！」

後ろからは疲《つか》れ果《は》てた桐生の声。止めた方がいいのでは？　と思うも、やっぱり走《はし》り込《こ》んでくる男子を止められる気がしなくて、道をあけてしまった。

それでも行方《ゆくえ》だけでも見守ろうかと階下を見たら。

都築の行く先に見知った姿が。

「太一《たいち》！」

朱葉の言葉に背の高い相手が顔を上げる。梨本《なしもと》太一は同級生の男子で、家も近く、小学校に入る前から知っている幼なじみともいえる人間だった。別に特別仲がいいわけではないけれど、気楽に言葉を交《か》わせるバスケ少年だ。

「そいつ！　摑まえてー！」

あんまり期待はしていなかったけれど、指示を投げてみたら、ぱっと太一が動いて駆け抜けようとした都築に容赦《ようしや》ないラリアットをかました。

「がっ！」

すっころびそうになる都築の首をそのまましめあげると、「勘弁《かんべん》してぇ」と鳴き声があがる。

「『ナイス！』」

朱葉と走り降りてきた桐生もそう言う。

「離《はな》して！　たあちゃん一生のお願い!!」

「だから誰《だれ》がたあちゃんだ。お前の一生は軽すぎなんだよ」

腕《うで》の力をゆるめることなく太一が都築をしめあげている。

ちょっと意外に思って、近づいた朱葉が聞いた。

「友達？」

「こいつこんなでもバスケ部」

あ、そっか、と朱葉が思う。「幽霊《ゆうれい》部員だけど」と言っていた気がするけれど、太一はバスケ一筋の人間だから、交流があってもおかしくない。太一はため息をつきながら言う。

「お前まだ進路指導逃げてるのか。顧問《こもん》の尾崎《おざき》先生も心配してたぞ」

「なんだよ俺、人気者すぎだな～。モテモテ？？」

「ああまったくだよ……」

肩で息をしながら追いついた桐生が言う。

「俺に力があれば……お前を進路指導を受けなければ出られない部屋にぶちこむのに……」

「先生、先生」

落ち着いて？　と朱葉が言う。

「落ち着いてますよ。……悪いな、梨本くん」

「いえ……」

引《ひ》き渡《わた》されながらも逃げようとする都築を太一が再び羽交《はが》い締《じ》めにすると。

「連れて行きましょうか。生徒指導室まで」

「人権無視だ!!」とわめく都築を引き受けながら、桐生が言う。

「権利を主張する人間は義務を果たすように」

「てか先生、進路指導なんて終わりでいいっしょ？　大学か専門学校か短大かどっか行くか行かないかするし、それで終わり、他に俺の何が知りたいわけ？」

「それは終わったと言わない」

はたで聞いてる朱葉と太一も頷《うなず》いた。

都築は食い下がる。

「だって、先生が俺の人生になにしてくれんの？」

かたくなだなぁ、と朱葉が思う。

多分もっとうまくやれるはずなのに。都築は、そりゃあ優等生ではないけれど、ひとの気持ちがわからない人間じゃないはずだった。いや、ひとの気持ちはわからないかもしれないけれど、ひとの気持ちをさらう言葉をうまく使う、そのやり方には長《た》けているはずで、だから、大人の指導を、聞こえの良い言葉で受け流すことぐらい造作もないはずなのだ。

適当にやって、やれないことはない。

でも、だとしたら、もしかしたら適当になんてやりたくないのかもしれないと思う。

(先生も大変だな)

どうするのかな、と眺《なが》めていたら桐生は大きなため息をひとつ。

「わかった」

意を決した、というか、諦《あきら》めた顔で告げた。

「生徒指導を十五分したら、お前の好きな恋バナに十五分乗ってやろう。それでどうだ」

それを聞いた都築は目をまん丸にしてから、しゅ、っと桐生の隣で立ち上がり、

「やる」

と一言。そしてふたりで階段を上って行ったのだ。

「え、どっちが先攻《せんこう》!? どっちが攻《せ》め!?」

という都築の声が聞こえている。

残された太一が、朱葉に言った。

「…………早乙女《さおとめ》、すごい顔してるけど」

顔をそむけ、うつむいて手で顔を覆《おお》いながら朱葉が言った。

「こっち見んな」

ちょっと持病の癪《しやく》が疼いただけ。

3 「ただいま面談中」

「だからどこでもいいってのはつまりそれだけ選択肢《せんたくし》が広いってことで、ここだけこのルートにのりたいって奴よりもひとと相談した方がいいはずなんだよ。適当でいいってのは、出来るだけ順当であれってことだし、それはつまり後悔《こうかい》をしないってことでもあるだろ。どれでもいいがために、あれもよかったこれもよかったってあとから思わなくていいように、俺達《おれたち》教師にしてやれることなんてそれだけだ。指導なんて言うけど勉強みたいに教えてやれるわけじゃない、そこんところをはき違《ちが》えないように」

「せんせ～そんな早口でよく喋《しゃべ》れんね～」

「聞け！！！！！！」

「聞いてるよお。それで～？　先生はなんでそんな食い下がるわけ？　あれっすか？　俺はこんなに立派に指導してやったぜえ、っていう自己満《じこまん》？」

「ふざけんな仕事だ。俺の給料の範囲《はんい》だ。言っておくが俺は趣味《しゅみ》となったら熱の入れようはこんなもんじゃないぞ何割引で相手をしてやってるかお前は知らんだろうがそんなもんは一生知らんでいい。神妙《しんみょう》に進路指導を……」

──ジリリリリリリリリリ。

傍《かたわ》らに置いたスマホから、アラームが鳴る。

「はい十五分経《た》った！！！！　次俺の番ね！！！！！　ねえねえ先生マジで本当に委員長となんもないの？　なんもないってことはねーでしょ突然《とつぜん》同好会とかはじめちゃうしなんつうの？　ほぼ朱葉《あげは》ちゃんで出来てるんじゃない、先生の学校生活って。付き合ってんの？　ねえ付き合ってんの？　どこまでいったの？」

「……お前も早口でよく喋るな……」

「だって時間がもったいないだろ！」

「…………真面目に答えてやるから」

ぴ、とボールペンで都築《つづき》を指して桐生《きりゅう》が言う。

「お前も同じだけ真面目に答えなさいね」

「返答による～」

おちょくる返事にため息をつきながら。

「早乙女《さおとめ》くんは非常に真面目に頑張《がんば》ってくれている委員長だし、同好会の顧問《こもん》を受けたのも特に断る理由はなかったから受けただけです。もともとどこかの部活の顧問を受けて欲《ほ》しいとは言われてたけど本格的にやるにはお前達みたいな受験生をはじめて受け持つ都合どうしても割《さ》ける時間は限られる。だから渡《わた》りに船みたいなものだし、結論としては付き合ってないからどこもいってません」

桐生は答えた。結構真面目に答えた。会話は全力ターン制。それは桐生にはなじみ深い文化でもあった。

嘘《うそ》もついてなかったし、はぐらかしたつもりもなかった。

全部を言わないだけで。

「ええ～、じゃあ先生、朱葉ちゃんのことどう思ってんの？」

「大変世話になってる生徒だと思ってるよ」

「それだけじゃねーでしょ。そういうこと聞いてんじゃねーでしょ」

「そうだね個人と個人だよ。だから、よしんば何か気持ちがあったとしても」

まっすぐ都築を見て桐生が言った。

「俺は教師として生徒を大事にしてる。お前も、早乙女くんもね」

「そういう～話を聞きたいわけじゃね――んだわ――」

「知ってるよ。しかし俺の女性遍歴《へんれき》から趣味嗜好《しこう》までお前に話す理由はないでしょう」

「俺のことは将来のユメまで聞いてくるくせに？」

「残念ながら教師ってのはそういう仕事だ」

「理由があればいいわけ？　たとえば俺が、朱葉ちゃんのことが好きだったら？」

突拍子《とっぴょうし》もない言葉に、桐生はかすかに笑ってしまう。

「好きだったら、仕方がないんじゃないか」

「へーへーへー。付き合ってもいい？」

「早乙女くんがいいって言えばいいんじゃないか？」

「その余裕《よゆう》！　むーかーつーくーわー」

「お前が意味のないたとえ話をするからだろう。机に足のせるのやめなさい」

「なんだよー。先生もっと余裕ないんじゃねーのって思ってた。少なくとも、しばらく前までは余裕なかったんじゃない？　俺としては、絶対何かあったとしか思えないんだけど」

それには桐生は答えなかった。

あったと言えばあった。し、ずっとあるから、ないと言えばない。

「やあねえ。大人は余裕ぶっちゃってさぁ。先生と生徒だからないって、全然わかんね」

「別にわかってもらおうとは思わないけど、それが普通《ふつう》だ」

「うっそだあ」

それから、都築が堰《せき》を切ったように語り出す。

「それが普通だなんて全然意味わかんねーんだけど。毎日顔見てて？　近くにいて？　それでおあずけで？　馬鹿《ばか》じゃね？　え、じゃあその間に朱葉ちゃんが俺じゃなくても別の男と付き合っててもいいわけ？　やることやっててても？」

「展開が早すぎて情緒《じょうちょ》がない。折《お》り本《ぼん》か」

「え、なに？　リボン？」

「なにも言ってませんが？」

「えー。わかんねーんだよ。わかんねーからむしろ教えてよ。俺、話聞くの好きで、いっぱい聞くけど、やっぱそういうの、わかんねーしちょっとうらやましいんだよ。だから、朱葉ちゃんにも教えて欲しかったんだよな本当は」

「お前さ……」

――ジリリリリリリリリリリ。

思わず桐生が真面目に都築の生き方に突《つ》っ込《こ》みを入れようとするも、それを無情にもタイマーの音が遮った。

桐生はため息をつき、話を戻《もど》す。

「………とりあえず、お前の今の成績で順当に目指せる公立と私立はピックアップしておいたから、図書室でもネットでもいいから調べてみて、どこがいいのかちゃんと理由も込《こ》みで報告すること。夏休みの間は待っていてやるから、もしも専門学校や他県の志望を見たいなら、いつでも相談にのるし」

わかったか、と言う桐生に、受け取ったプリントをぺらぺらひらめかせながら、都築はニコニコ笑って言った。

「宿題じゃん、俺だけ。絵日記だってまともにつけたことなんてねーのに」

「……嫌《いや》か？」

「ごめんだね」

そんなに言うなら進路じゃなくて俺に恋《こい》を教えてよ、せんせえ、と都築は言った。

4

「神様のねがいごとⅠ」

こんなに学校で緊張《きんちょう》したことがこれまであっただろうか。

入学試験の時だってこんなに緊張はしなかった、と朱葉《あげは》は思う。

夏休み直前。生徒指導室のドアをノックする。

「どうぞ」

中から聞こえる桐生《きりゅう》の声も心なしか緊張していた。

「失礼します」

朱葉が先に入ると、後ろからついてきた影《かげ》が、深々と頭を下げた。

「はじめまして、先生。娘《むすめ》がいつもお世話になっております」

「──いいえ、こちらこそ。どうぞお座《すわ》り下さい」

早乙女《さおとめ》さん、と桐生が言った。

朱葉の母親と桐生が顔を合わせたのは、三者面談のこの日がはじめてのことだった。

桐生はいつもみたいに白衣は着ていなかった。スーツの上着こそ着ていなかったけれど、ネクタイもきっちりとしめて、落ち着いた声で話した。

朱葉の母親も、今日はパートを早めて来ている。こちらもあまり見ないような、きっちりした服装だった。

朱葉だけがいつもの制服だ。学校という朱葉と桐生の日常に、母親がいるのがなんだか不思議で落ち着かなかった。

今回は進路指導ということで、朱葉の学校での様子などは長く話し合われることはなかった。ただ最初に、「早乙女くんは委員長としてよくクラスのために働いてくれています」と褒《ほ》めてくれた。

「自宅では、進路の話はされますか？」

「ええ、何度か」

「志望校のことは？」

この質問は朱葉に向けてだった。

「言ってあります。……ね？」

「前に聞いたわね。でもまだ、決まってはいないんでしょう？」

大丈夫《だいじようぶ》なんですかね、先生、と母親が桐生に聞くけれど、それもどこか、深刻さはなかった。母親は昔からどこか、のんびりした性格なのだ。趣味《しゆみ》のことにも理解があるわけではないけれど、そういうものかとスルーされているし。成績のことについても、あまりとやかく言われた覚えはない。

「そうですね……どんな志望校でも絶対大丈夫、ということは言えませんが……」

桐生は先生らしいことをいくつか伝えた。けれどそれらも、朱葉に言った焼き直しのようなことだった。

母親は聞いているのかいないのか、何度も頷《うなず》くと、大仰《おおぎょう》なため息をついて言った。

「心配なんですよ。この子、暇《ひま》さえあれば絵ばっかり描《か》いてるような子で」

「おかあさん！」と朱葉がちょっと咎《とが》める。そういうことは言わなくていい、と反射的に思ってしまったのだ。

恥《は》ずかしいからとかじゃない。

この人、めっちゃ知ってるから！

桐生は小さく微笑《ほほえ》むと「そうなんですか」と穏《おだ》やかに言った。

（そうなんですか、じゃないよ）

と朱葉が突《つ》っ込《こ》む。心の中で。

しかしあろうことか桐生は続けた。

「好きなことがあるのはいいことだと思いますよ。僕《ぼく》も、早乙女くんの絵は好きです」

「先生！」

思わず朱葉がこれまでになく声を荒《あら》らげる。「あら……」と頬《ほお》を押《お》さえる母親に、「見せてもらったことがあるんですよ。僕、漫研《まんけん》の顧問《こもん》もしていますから」とさらっと答えた。

嘘《うそ》ではない。

嘘ではないが。

いけしゃあしゃあと、と朱葉は膝《ひざ》の上で指をわきわきさせた。別に、ダメでも嫌《いや》でもないけれど、ただでさえ先生と母親に挟《はさ》まれているのに、身の置き場ってものがない。

「そうなんですね。……そうだ」

母親は特にこれといったひっかかりもないようで、そのまま自分のペースで会話を続ける。

「先生は、京都《きようと》の大学とか、どう思いますか？」

「おかあさん！」

またその話か、と朱葉が咎めるように声をかければ、桐生はちょっと驚《おどろ》いた顔で聞いてきた。

「なぜ、京都？」

「父です。父が今単身赴任《ふにん》で京都に行ってるんです」

朱葉が早口で答える。何度か家の中でしたことがある話題だった。のほほん、と母親が続ける。

「ほら、朱葉がお父さんと一緒《いつしよ》に住んだら、お母さんももっとたくさん京都に遊びに行けるじゃない？」

「もー！　遊びに行きたいならひとりで行けばいいじゃない！　子どもじゃないんだから、留守番くらい出来るよ！」

母親と朱葉の会話を微笑ましく見ていた桐生が、なんでもないことのように言った。

「いいと思いますよ」

朱葉の動きが止まる。声には出さずに、え、と口を小さく開けて、目を丸くして桐生のことを見た。

桐生は穏やかな顔で資料を眺《なが》めながら。

「京都は学校もたくさんありますしね。アクセスだって悪くはない。早乙女くんさえ行きたい希望があるんでしたら、選択肢《せんたくし》として加えてみるのもいいんじゃないかな、と個人的には思います」

「そうでしょうか？」

「ご家族がいらっしゃるんでしたらなおさら安心ですね。大学によっては寮《りょう》もありますし、ひとりで下宿してみるのもよい経験にはなると思いますよ」

そんな二人の当《あ》たり障《さわ》りのない会話を、朱葉はどこか呆然《ぼうぜん》と聞いていた。

（いいと思いますよ）

多分、深い意味のない一言だっただろうに。ここで強固に反対する理由も多分ない。

だけど桐生のその言葉が、思いのほか、刺《さ》さったのだ。

それからなぜか、ふと思い出したのは、つい先日交《か》わした七夕《たなばた》の、織《お》り姫《ひめ》と彦星《ひこぼし》の話だった。

『一年に一度とは言わない、いや一年に一度であってもいいまた一年がんばれる』

ファンと神様。

そういう隔《へだ》たりも楽しんで。会えたらご褒美《ほうび》みたいにして。

怒《おこ》りもしなかったし、悲しいわけじゃない。先生は、先生として、先生らしく、進路指導をしただけだ、と自分に言い聞かす。

(でも)

朱葉は、未来のこと、を考える。夏が終わって秋が来て冬が来て春になったら。

自分はこの学校を卒業する。

先生の生徒ではなくなる。

当たり前だ。わかっていたことだ。それが自然だ。そのあとに。

………………ずっと一緒なんて、約束はなかった。

なんとなく、続いていくと思っていた。追いかけるみたいに同じ大学に行けたらいいとも思った。

そういうの、全部。

自分の空回りだったなら。

なにをするにもめんどくさい。このどうしようもない溝《みぞ》は大きくて壁《かべ》も高い。そんなこ
（……先生と、生徒）

とばっかり思っていた。でも、……でも。

もしかしたら。

自分達のつながりは、それしかなかったのかもしれないと、朱葉は感じていた。

それから、一体どういう話をしたのか。上の空で朱葉は、あまり聞いてはいなかった。

必要以上に冷えた指導室から出て、母親と一緒に学校の外に出たら、夏の熱気に包まれて、
ようやく少し、息が出来た。

母親はどこか楽しげに、朱葉に話しかける。

「いい先生ね。若い先生だって聞いていたから、どんなのかと思ったけど、子供のことも考えて親身になってくださるし、ねぇ？」

「うん」

うつむいて、つま先を見ながら生返事をする。いつの間にか、外はすっかり夏の温度で蝉時雨《せみしぐれ》が聞こえている。

きつい日差しに後頭部を焼かれながら目を伏《ふ》せて、桐生のことを、思い出す。

素敵《すてき》な先生だ。

格好よくて。親身になってくれて。

まったく、全然。…………くそやろうなせんせいだ。


「都築《つづき》くん、今日の日誌、お願いね。逃《に》げてる間わたしがずっとやってたんだから、それくらいやってくれるよね」

三者面談翌日のことだった。朱葉は早口でそう言いつけると、きびすを返して教室を離《はな》れて行った。

「早乙女くん」

昼休みの終わりに、職員室の前を通ったところで呼び止められた。間違《まちが》えようのない桐生の声で、朱葉は足を止め、息を一度吸って、吐《は》いてから振《ふ》り返《かえ》った。

「なんですか」

職員室から出てきた桐生はプリントの束を持っていた。

「これ、今度の模試の過去問だから、悪いけど該当者《がいとうしゃ》に配っておいてくれないか」

「わかりました」

普通《ふつう》の、委員長の雑用だった。そのことが少し朱葉の心を楽にした。

「――あと」

それから、桐生が少し身をかがめて、朱葉の耳元に顔を寄せた。

「今日発売の課題図書の最新刊、部室に置いておいたから巻末の番外編が……」

「先生」

棘《とげ》のある声が出た。その自覚があったから、朱葉は身を翻《ひるがえ》し、歩き出しながら言った。

「今日、急いでるんで」

さようなら。

出来るだけ振り返らないようにして。顔は見なかった。

帰り道、電車に乗り込み、そうして、まだ考えている。

(たとえば、わたしが明日、絵を描かなくなったら……なんて)

そういう仮定は、馬鹿馬鹿《ばかばか》しい、と頭ではわかっている。朱葉は手をぐっと握《にぎ》って、馬鹿な考えを切り捨てるように力を込める。

思うとおりにならなかったからといって。人間関係に躓《つまず》いたり、欲《ほ》しい言葉が、気持ちが、もらえなかったからといって。

自分が描いているものを、あてつけにしてはならない、と朱葉は思っている。自分の好きなものを、ひとを傷つける道具にしちゃいけないはずだ。

(大丈夫、に、ならなくちゃ)

傷つくな、と自分に言い聞かせる。

それが、好きなものを、好きになった、せめてもの矜持《きょうじ》じゃないか、と。

電車の窓に映る自分の顔を見ながら、朱葉はそっと自分の頬に手をあてる。

（わたしたちは、恋人《こいびと》じゃない）

それは確かだ。

（先生と、生徒で。それ以上のリスクなんて負わない）

お互《たが》いのために。

わかりきっていたことだ。……でも、なんとなく、そういう風になれるかもと勘違《かんちが》いしてしまった。夢を見てしまった。気づけば、なんとなく。……もっと、特別だって思ってしまったのだ。

（でも、だってさ）

思い出す。つないだ手とか、車の助手席。頬の熱も。

全部、勘違いだったとしても。勘違いだったんだとしたら、余計に。

怒ってもいいよね。それくらいは。

「ねー先生」「お前さ」

「…………………」

「…………」

「なになになに？　なに俺《おれ》に何聞こうとした？」

放課後の生徒指導室、進路指導終わりに日誌を届けにきた都築と、桐生の言葉がかぶった。桐生と都築の進路指導はずっと平行線の「千日手《せんにちて》」の状態にある。

しばらく沈黙《ちんもく》と渋面《じゅうめん》を続けてから、桐生が言う。

「……………………なんか、早乙女くんにおかしなこと言ってないだろうな」

WAO、と大げさに都築が驚いてみせた。

「こっちの台詞《せりふ》だけど？　先生朱葉ちゃんになんかしたんじゃねーの？」

「なにもしてないならいい俺の勘違いだしお前に話すこともないしもう帰っていいぞ」

しっし、と払うのを、ぐいぐい肩《かた》を摑《つか》んで顔を寄せながら都築が言う。

「いやいや〜先生俺相談にのるって〜腹割って話そうよぉ〜なんなら俺、オールでもお相手しちゃうから〜」

「しない。いらない。お前顔がいいな」

「えっなに？　突然《とつぜん》。キュン！　じゃなくてぇ」

ノリ突《つ》っ込《こ》みをしながらも、はぐらかされたのに気づいていた。

「じゃあ、いいよ」

んべ、と舌を出して、都築が言う。

「悩《なや》んでる女の子、慰《なぐさ》めるほうが得意だもんね」

驚いて桐生が顔を上げると、都築はもう風のように出て行ったあとだった。

「…………………」

桐生は深くため息をついて、途方《とほう》にくれる顔を隠《かく》すようにした。

5 「神様のねがいごとⅡ」

「それでさ俺《おれ》は思ったわけだよやっぱり実写化映画化メディアミックス問わず大切なのは原作へのリスペクト、それは言《い》い換《か》えればどれだけ正しく二次創作をしようかという覚悟《かくご》なわけなんだよねたとえば漫画《まんが》にしたって小説にしたって出来ることなら絵柄《えがら》を寄せたい文体を寄せたい、表現の形が変わったとしても魂《たましい》の形をミリでもいい近づけたいっていうのが欲求としてあるわけじゃないか。もちろん、もちろんだよ、換骨奪胎《かんこつだったい》まったく別のものとしてひとつの世界と作品をつくりあげる、そういう姿勢も評価されてしかるべきだけど原作の読者はやっぱりその魂と同じ形を求めてくるわけだよ、そのままであってくれというのは単純に姿形だけのことじゃなくて、やっぱり俺は魂としか言いようがないしそういう意味では今回の映画化は正解だったと言ってもいいんじゃないか、正解じゃないとしてもそうあろうとする努力は認めてもいいんじゃないかって思うわけだもちろん作中の改変について特にあの重要シーンでの重要台詞《ぜりふ》については俺としても議論の余地有りだと思うけれどあれはやっぱり言わせたかったんだよあの作品あの役者あの脚本《きゃくほん》だから、あの二次創作上どうしても、『こんなこと言わない』の台詞が出てしまったと俺は解釈《かいしゃく》するね、だから──」

『だから？』

ヘッドセットのイヤホンの向こうで、秋尾《あきお》の冷めた声がしている。いつものようにネトゲの最中、突然《とつぜん》最近見た映画についての感想を垂れ流し始めた桐生《きりゅう》に、ため息まじりに秋尾が言った。

『お前、別に、そういうこと話したいわけじゃないよね』

「え、じゃあついに発売された待望の最新刊の話……」

『それも違《ちが》う』

「俺は常に俺のパッションを……」

『はいはい、パッションの話はいいから』

俺をはけ口にするのやめてよ。

と秋尾が言った。

桐生はショートカットキーを無心で叩《たた》きながら、しばし、黙《だま》る。

『なにに悩んでんだか知らないけど、自分を誤魔化《ごまか》すのにまきこむのはやめな。迷惑《めいわく》だし気持ち悪いから』

無慈悲《むじひ》な言葉。けれど、呆《あき》れ果《は》てた中でも秋尾は言うのだ。本当に呆れ果てた調子で。

『どうしたんだよ、朱葉《あげは》ちゃんだろ』

いらんこと言ってる暇《ひま》があったら仕方がない、聞いてやるから言ってみなさいよと、投げやりに、けれど、いたわりと気遣《きづか》いある声で言われたから。

桐生は部屋で手を止めて、天を仰《あお》ぎ、

「…………どうしたのか、俺が聞きたい」

と、途方《とほう》にくれたように呟《つぶや》いた。

時は夏休み。二人はしばしの断絶の季節に入り。

朱葉のSNSには、新刊のサンプルと――同人活動休止のご挨拶《あいさつ》が載《の》った。

入稿《にゅうこう》を終え、SNSに告知を済ませたら、なんだかどっと疲《つか》れた気がした。

夏休みに入ったばかりの宵《よい》の口《くち》だった。今日は久々に早く寝《ね》るか、それとも朝までゲームとしゃれ込むか……。そんな風に考えながら、ネットサーフィンをしていると、

「あげはー」

部屋の外から、母親の声がした。

「太一《たいち》くんが来たわよー」

へ？　と首を傾《かし》げ、やる気のない部屋着のままで玄関《げんかん》に出れば、そこにいたのは確かに近所に住む梨本《なしもと》太一、そのひとで。

「どしたの」

彼《かれ》の姉の方ならまだしも、太一が家を訪ねてくることなんて、ここ数年間記憶《きおく》にもない。当人はジーンズにシャツというラフな格好で、眉間《みけん》に皺《しわ》を寄せて渋面《じゆうめん》をつくっている。そして納得《なつとく》いかない、なんで自分がと不平不満を声ににじませて低い声で言った。

「………悪い。迷惑ならすぐ連れて帰る」

なにが？　と朱葉が聞く前に、「あっげっはちゃーん」身体《からだ》の大きな太一の背後から、都築《つづき》がひょっこり、顔を出した。

近くの公園は人影《ひとかげ》がなく、街灯だけが明るく光っていた。そのベンチに座《すわ》って、朱葉はなんだかな、と思っている。

「これ、どーぞ」

都築に渡《わた》されたのはペットボトルに入った清涼《せいりよう》飲料《いんりよう》水《すい》だった。封《ふう》は開いていない。まだ冷たくて、ボトルに汗《あせ》もかいていないくらいだったから、今し方この公園に来る前に買ったのだろう。全然そんなそぶりも見せなかったけど。

「太一の分は？」

「たあちゃんにはあとで飯《めし》でも奢《おご》るよ」

都築が朱葉の隣《となり》に座りながらそう言った。さりげなく朱葉は、ちょっと距離《きょり》をとって座り直した。

「あ、でも誤解しないでね。たあちゃん飯に釣《つ》られて朱葉ちゃんの家、教えたわけじゃないから。俺がね、ご近所さんなの知ってて押しかけてきただけ」

「別に、どっちでも気にしないけど……」

どっちにしろ、つまり都築がはた迷惑な人間だ、ということに変わりはない。そして、その都築に太一がずいぶん手をやいていることもわかった。

声が聞こえないような場所で、太一は家から持ってきたバスケットボールでひとりでトレーニングをしている。

多分だけれど、都築と朱葉を、夜の公園というシチュエーションで二人きりにしないように、という配慮《はいりょ》からだろう。

それは朱葉への心配というよりも、都築への不信のためではないかと朱葉は分析《ぶんせき》している。

「いやーでも、朱葉ちゃんがお話ししてくれてうれしーよ。俺、門前払《ばら》いされるかと思ってたもん」

「確かに家も教えてないクラスの男子が突然来たら、引くよね」

「メンゴメンゴ☆」

「全然謝《あやま》る気ないし……」

「だって二人でゆっくり話したかったんだも〜ん」

「……わたしも」

「え？」

「わたしも、言っておかないとと思って」

小さくため息をついて、顔をあげて朱葉が言う。

「太一にも、クラスメイトにも、おかしなこと吹聴《ふいちょう》しないでね」

「おかしなって、どんな？」

ベンチに座って肘《ひじ》をついて、覗《のぞ》き込《こ》むみたいに笑って都築が言う。ちょっと睨《にら》みつけると、慌《あわ》てたように都築が言った。

「あ、口が軽い男だとは思わないで欲しい、そこは絶対。俺が軽いのは尻《しり》とフットワークだけだから！　その大前提として、朱葉ちゃんの秘密を守るためにもなにが秘密なのかは知っておきたい、って思うわけですわ！」

朱葉はもう一度ため息をつく。否《いな》、深呼吸だったのかもしれない。

「先生のこと」

ぴゅう、と都築が口笛を吹《ふ》いた。

「認めた」

「そういうわけでもないけど……」

冷たいペットボトルの口を開けず、振《ふ》り子《こ》みたいに揺《ゆ》らしながら朱葉は続ける。

「そうね、多分」

ちょっと、言うには勇気が要《い》った。

「わたしは、先生を好きだったのかも」

勇気が要ったけど、言ったら楽になった。すっきりした。もしかしたら誰《だれ》かに言いたかったのかもしれないとさえ思った。その相手がこの尻軽《しりがる》男だというのは、だいぶ不本意だったけれど。

ひとりで考え続けるのには、疲れていたのかもしれない。

「だった？　過去形？」

都築は素早《すばや》く、隙《すき》無く、すみやかに聞いてきた。

朱葉はちょっと笑ってしまう。それは自嘲《じちょう》みたいな笑《え》みになった。

「まあでも、先生はわたしのこと、そうじゃないなって思ってさ」

「え、またまた～」

おばさんみたいに手を招くような仕草をして、都築が言う。

「俺的リサーチによりますと、どう見てもどう考えてもきりゅせんは朱葉ちゃんにベタ惚《ぼ》れですが？」

「都築くんのリサーチでしょ、それは」

「恋愛《れんあい》マスターの俺のリサーチが信用できない？」

「っていうか」

まあ、信用しているわけではないけれど。

「わたしが、わたしと先生のことを都築くんよりよく知ってるだけだよ」

そう、君なんかよりも。

もっと、ずっと、たくさんのことが、自分達の間にはあって。

「先生はわたしのこと好きだよね。それは知ってる」

ペットボトルを揺らしながら、そこから落ちる涙《なみだ》みたいな水滴《すいてき》を眺《なが》めて。

「でもそういう、好き、じゃないってこと」

そう朱葉は言った。

うん、そうだ。そうだから。

がっかりしてしまった。落ち込んでしまったのだ。好きになんかなるんじゃなかった。

いつなったのかは思い出せないけど。

普通《ふつう》にただ、めんどくさいけど、気のあう仲間でいられたらよかったのに。

「わっかりませんね～。わっからないね～」

都築が眉間に皺を寄せて、持っていたペットボトルを飲み干すと、立ち上がってポケットに手を突《つ》っ込《こ》みながら言う。

「じゃあこうしようよ。俺今フリーだし」

「待って。それ本当？」

即座《そくざ》に朱葉が突っ込んだら。

「…………」

都築はちょっと考えて。

「一日くれたらフリーになってくるし！」

「それはフリーとは言わない」

「まあそれは置いておいて」

「絶対置いておかない」

しかし都築は勝手に置いて言うのだ。突然大きな声を出して。

「おーい、たーあちゃーん！」

いきなり声をかけられた太一が、ボールを操《あやつ》る手を止め、促されるまま都築に投げた。

軽い音を立て受け取った都築は朱葉を振《ふ》り返《かえ》ると、にやりと笑って言った。

「ワンオンワンで俺が太一に勝ったら、俺と付き合ってみるってので、どう？」

ほら。やっぱり。

ろくでもないことしか言わない、と朱葉は思った。

6「神様のねがいごと Ⅲ」

「…………」

「…………」

「…………」

タンタンタンとボールをはずませる音がしている。膝《ひざ》に頬杖《ほおづえ》ついてベンチに座《すわ》っている朱葉《あげは》の傍《かたわ》らで、太一《たいち》が無言で立っている。

その足下《あしもと》では都築《つづき》が座り込んでいた。

「なんでだよ～」

「なにが？」

最後に残った仏心《ほとけごころ》で朱葉が聞いてやる。

沈没《ちんぼつ》したままで都築が言う。

「こう、もうちょっと、たあちゃん手心加えて俺《おれ》にいいとこ見せてやるとかさ……友達を立てるとかさ……そういうのないわけ……あるっしょ……どう見てもどう考えても今そういう展開の場面だったでしょ……」

「俺が？　なんで？　お前に？　バスケで負けないといけないの？」

太一の言葉は熱帯夜もふっとぶ冷たさだった。

そりゃそーだ、と朱葉が思う。

適当なルールを決めて公園でワンオンワン。都築が勝ったら朱葉と都築がお付き合い……だなんてなめたこと言われて、もちろん了承《りょうしょう》する気もなかったけれど、都築の肩《かた》越《ご》しに太一が目で聞いてきたのが朱葉にはわかった。

別に心は通じ合ってないけど、幼なじみのよしみってやつで。

『いいわけ？』

朱葉は頷《うなず》きひとつ、目で返す。

『ヤっちゃって』

そのメッセージは的確に伝わり、開始十分も経《た》たずに都築はコテンパンに叩《たた》きのめされた。

当たり前だ。

朱葉の知る限り太一はバスケ一筋のバスケ馬鹿《ばか》だし、幽霊《ゆうれい》部員の都築がそもそも太一に勝てる見込《みこ》みなんて全然なかったはずなのだ。

それでも、なんとなくノリで、かっちょよく、うまいこといかなくても対等くらいにはやれちゃうような気になってるところが都築は本当におめでたい。

「っかしいな～こんなはずじゃなかったのに～～」

「約束は守ってね？　都築くん」

にこ、と笑って朱葉が言う。「ええ……」と都築が心底解《げ》せない顔をした。

『太一に勝ったら俺と付き合って』

そう言われた時、もう徹頭徹尾《てっとうてつび》、取り合うこともないなと思ったのだけれど。

ちょっと、いたずら心が頭をもたげて朱葉が返したのだ。

『負けたら？』

『なにがいい？』

聞いたな、と思ったので、朱葉がそのまま言った。

その時はさらりと流したはずなのに、今、都築は悶絶《もんぜつ》している。

「やだよ～!!　おっかしいよ――!!　なんでだよ――――！！！！」

朱葉が出した、交換《こうかん》条件は。

『じゃあ、都築くんが先生と付き合って』

とまあ、そういうことだ。

朱葉はペットボトルで自分の肩を叩きながら投げやりに言う。

「おっかしいでしょー。なんか変でしょー。都築くんがわたしに求めたの、そういうことよ。思い知ったら馬鹿なことはもう言わないことね」

二人の会話に、太一はとことん興味がなさそうで。

「俺、向こう行ってていい？」

と早々に離脱《りだつ》を表明した。

「なんだよ〜たあちゃん〜そこは勝ったから俺が朱葉ちゃんと付き合うよとかないのかよ〜!!」

「なんでだよ」

ニコリともせず太一が言う。

「俺別に、早乙女《さおとめ》と付き合いたいなんて思ったことないし」

せやな、と朱葉も頷く。

「そんなの――!!　付き合ってから考えりゃい――じゃん!!!!」

「「よくねぇよ」」

と太一と朱葉がハモった。

「ていうか、もう別にわたしも都築くんと話すことないし。そろそろ帰りなよ」

朱葉が立ち上がる。都築はぶう、と頬《ほお》を膨《ふく》らませ、公園の地面に座り込んだままで言う。

「いーじゃん、朱葉ちゃん。俺はいつでも当て馬に付き合ってやっていいよ。テクもあるし、退屈《たいくつ》はさせないよ。そうやって本命を試《ため》したい女子には協力を惜《お》しまない男だよ？

俺は」

そこでようやく朱葉も、都築の意図を正しく理解したのだ。

いや、正しいかどうかはわからないけれど。

都築はやはり朱葉を本当に好きなわけではなかった。

かといって、朱葉を思いやらなかったわけでもないのだろう。

（なんだかなぁ……）

お礼を言うのも癪《しゃく》だな、と思いながら朱葉はちょっと考えた。

「んじゃ、先生と都築くんが付き合えば同じことじゃない？」

ほんとうのこいに、めざめるかもよ？

そんな軽口を叩いて朱葉は公園をあとにした。太一にだけは軽く礼を言う。

飲まなかったペットボトルを揺《ゆ》らしながら。

『わたしは、先生を好きだったのかも』

自分の言葉を思い出し、そうかと思い、まずったなぁと思うのと同時にさてこれから一体どうしたらいいものかと考えるしかなかった。

時を同じく、秋尾《あきお》が辛抱強《しんぼうづよ》く、桐生《きりゅう》の話を聞いていた。通話越しではあったけれど、最近あまり話せていなかったこと、ぱぴりお先生が活動を休止するようだということ、覚悟《かくご》はしていたけれどまだ受け止め切れていなくて、後ろ向きな気持ちになってしまうということ。

ぐだぐだと要領を得ない話を聞きながら、秋尾はどうにも話の本質がそこにはないように感じていた。

徐々《じょじょ》に紐解《ひもと》いていくと、「もしかしたら親御《おやご》さんになにか言われたのかもしれない」と桐生がもらした。

「ばれてないと思うけど三者面談で俺が」

早乙女くんにつきまとっているめんどくさいオタクだということが……。

『いやいやそんなバレるような話をしたわけ？』

と、ひとつひとつ聞いていったら……。

『待って？』

秋尾が突然《とつぜん》、『待って』ボタンを連打しはじめた。

『いや待って？　ちょっと待って？　うん？　待って⁇』

「どうかしたのか？　萌《も》えに耐《た》えきれない腐女子《ふじょし》みたいになってるけど」

『ちなみにその腐女子さんの〝待って？〟は意訳するとどういう意味？』

「そうだな、〝あまりの尊《とうと》さに今すぐここで死にたいけどこれまでそしてこれからの萌えを受け止め続けるために不死鳥のごとく蘇《よみがえ》りたい、ただやはりここに墓を立てたいから辞世《じせい》の句を詠《よ》ませて欲《ほ》しい〟くらいの意味じゃないか」

『そうかちなみに俺は〝今すぐお前の指を一本一本海老《えび》反《ぞ》りで折っていきたいから未来で待ってて〟くらいの意味だ』

「えっやばい」

『やばいのはお前です』

秋尾は頭を抱《かか》え、深呼吸をする。

馬鹿だ馬鹿だと思っていたけど、ここまで馬鹿だとは。

こんな男と付き合わないほうが幸せなのでは？　と秋尾は思う。言ってやりたいことが山ほどあるけれど、それを言ってどうなる？　どうにかしてやる価値もないのでは？

秋尾は、くるりと振《ふ》り返《かえ》る。背後ではキングが黙々《もくもく》と男達の会話に口を挟《はさ》まず裁縫《さいほう》を続けていた。月末に迫った大型造形イベント用の衣装《いしょう》だった。秋尾の分だったため、その採寸も兼《か》ねての秋尾の部屋での作業だった。

桐生の言葉はスピーカーで聞こえていたはずだ。

だから秋尾が助けを求めるようにキングに聞いた。

「どうしよう？　俺、こいつにアドバイスしてやるべき？」

それまで黙《だま》って手を動かしていたキングが、ため息をついて、ひとことだけ。

「――神様は、いつも信者を選べなくて、可哀想《かわいそう》だ」

その言葉に、秋尾はぐっと、額を押さえて頭を抱え、歯を食いしばると顔を上げた。

『……いいか、この秋尾誠《まこと》さまが、一回だけ死ぬ気でお前に説教してやる』

一世一代、命を賭《か》けて。

まかり間違《まちが》っても、てめぇのためではない。

可哀想だなんて、そんな切ない気持ちを秋尾は、出来ることなら恋人《こいびと》に言わせたくないのだった。

7 「神様のねがいごとⅣ」

出来たての新刊を置いた。

値札までちゃんと可愛《かわい》くつくった。

ペーパーは昨日の夜中に印刷をした。感謝をいっぱい込めた。ちょっと恥《は》ずかしいなって思った。夜中のラブレターみたいで。でも、それもいいんじゃないかなと思って、傍《かたわ》らに置いた。

新刊でも既刊《きかん》でも、買ってくれた人に渡《わた》していこう。今日は売り子もいなくてひとり参加だから、全部のお客さんと挨拶《あいさつ》が出来るだろう。

それから今日はスケブを冊数制限なしで受け付けることにした。描《か》ききれなかったら郵送対応だ。

また危機管理が甘《あま》いって言われちゃうかなぁ、と思った。

まあ、いいだろう。よくはないけれど、それでも。

そういう活動をしてきたから。高校生になってからだから二年とちょっとだけど。

（本当に……）

いい思いをさせてもらったなぁ、と朱葉《あげは》はしみじみ思う。

どこかからわきおこる拍手《はくしゅ》に朱葉も手を叩《たた》く。

高校生活最後のオンリーイベントがはじまる。

「せーんぱいっ！」

お客が途切《とぎ》れたのを見計らったのか、タイミングよく、新刊を両手いっぱいに抱《かか》えた咲《さく》がスペースに現れた。

「買ってきましたよ！」

他のサークルの新刊だった。先にリストを渡しておいたのだ。咲とは目当てがかぶっていることもあって、すみやかに買ってきてくれた。

「ありがとう！　売り切れなかった？」

「大丈夫《だいじょうぶ》でした～！　先輩からもらったチケットのおかげです！」

任務完了《かんりょう》！　とびしりと咲がポーズを決める。今日も気合いの入ったお嬢様《じょうさま》服で、てっぺんからつま先まで可愛かった。何よりイベントの咲は、いつにも増してつやつやして元気だ。

「そしたら咲は、レイヤーさんを見て帰りますね！　撤収《てっしゅう》まで、お手伝い出来ずすみません！」

相変わらず門限が厳しいらしく、正午には帰らないといけないらしい。秘書の九堂《くどう》は、今日は迎《むか》えだけだそうだ。

「いいんだよ〜十分助かったし。また学校でね！」

朱葉の言葉に咲は笑って、「先輩、学校はお休みですよ」とたしなめる。

「だから学校じゃなくても遊んでくださいね。連絡《れんらく》まってまーす！」

そんな風に言って、跳《は》ねるように去って行く彼女《かのじょ》の楽しそうな背中がまぶしかった。

それからあとも、いろんなお客さんが入れ替わり立ち替わり訪《おとず》れた。開会後の、つかの間のラッシュが過ぎ去っても客足はなかなか減らなかった。

久しぶりです。楽しみにしていました。休止するなんてさびしいです。すごく好きでした。

もちろん無言で買って行くひともいれば、試《ため》し読みをしてそっと本を置いて去って行くひともいる。

どのひとも、朱葉は感慨深《かんがいぶか》く受け止めた。

また、戻《もど》ってきて下さい。

待ってます、と言ってくれたひとがいた。はい、とにこやかに朱葉は答えた。

未来のことはもちろんわからない。けど。

そうであったらいいなと思っている。オタクであることは多分やめないだろう。一年後、どんなジャンルにハマッてるかはわからないけれど、多分。

　このジャンルも、このカップリングも、一生嫌《きら》いになることはないと思った。

　昼が過ぎ、新刊の段ボールも最後のひと箱となり、ペーパーは早々に配布が終了《しゅうりょう》した。

　朱葉の傍らには何冊もスケブがあって、客がまばらになってからは、それらを描くことに集中した。

「すみません」

　閉会まで、もう一時間を切っていた。会場の中は客足も落ち着いて、むしろ参加者達《たち》の会話が喧噪《けんそう》となっていた。朱葉は座《すわ》っていたけれど、そこに影《かげ》がおりた。

「新刊を、頂けますか」

　朱葉は立ち上がらなかった。本を買いに来てくれたお客さんだと思ったけれど、ゆっくりと顔だけをあげた。

　そこに立っていたのは、案の定、知っている顔だった。

　ぼさぼさの頭で。

　分厚い眼鏡《めがね》で。

　ださめのTシャツにチェックのシャツを羽織《はお》っていた。鞄《かばん》は横がけだったし、手に持っている財布《さいふ》はマジックテープ仕様だ。

　デジャヴを感じた。

「どうしようっかなあ」

相手がお客さんなのに、朱葉はわざとそんな風に言った。頒布用《はんぷよう》の新刊は、まだ数冊あったのに。

うっ、と露骨《ろこつ》に相手の顔がこわばり、もごもごと続けた。

「……あの、ペーパーって」

「もうないですよ」

嘘《うそ》だった。数枚はファイルに入れて鞄にあった。原本だってある。でも、そういう意地悪を言ってみたくなったのだ。

「なんで」

そう、すごく、意地の悪い気持ちになって。

朱葉は尋《たず》ねていた。

「なんで、朝一番に、来てくれなかったんですか」

言ったらちょっと鼻の奥《おく》がつんとした。

わたしのことが好きなら。

わたしの元に一番に来てくれるべきじゃない？

そういう、わがままめいたことを今まで言ったことがなかったから。

過ぎたことだと思った。実際、過ぎたことなんだろう。でも、相手は……桐生《きりゅう》は、ぐっと力をこめて、覚悟《かくご》を決めたみたいにして言った。

「――アフターを」

え？　と朱葉が眉《まゆ》を上げる。ぼそぼそとした声だったけれど、はっきりと言った。

「ぱぴりお先生の、アフターを、頂きたくて」

お願い出来ませんか。

時間を下さい。

そういう風に、桐生は朱葉にお願いに来たのだった。朱葉はちょっと混乱をした。その発想はなかった。ぽかんと、あっけにとられたみたいにして確認《かくにん》した。

「わたしは、サークル主《ぬし》で、あなたは、その……ファンですよね」

「そうです」

「それで、アフターを一緒《いっしょ》に」

「一緒に」

それから桐生は、深々と頭を下げた。

「お願いします」

わたしは、このひとが何者か知っている、と朱葉は思う。

桐生だって朱葉が本当は何者なのかは知っている。

それを前提にしたら、そんなこと誘《さそ》えないはずだった。そういうのはないだろう。色んな言い訳とお膳立《ぜんだ》てがなければ、そういうことは出来ないだろう。

でも、今なら。

ここはイベント会場で。朱葉は売り手であり、桐生は買い手であるけれど、そこに貴賤《きせん》はないはずだった。平等だ。

だから……。

「それは……それはじゃあ……仕方がないですね」

いいですよ、とため息まじりに朱葉はその桐生の申し出を受け入れた。桐生はあからさまにほっとした顔をしたあと。

「あと」

すっ……っと鞄からなにかを出して言う。

「スケブとか……」

にっこり笑ったまま青筋をたて朱葉が返す。

「そこはもうちょっと遠慮《えんりょ》しようか？」

いい加減にせいやと思った。言わなかったけど。

イベントが終わり、簡単な撤収と挨拶を終えて、少し離《はな》れた駐車場《ちゅうしゃじょう》に朱葉は向かった。桐生はいつもの自分の車にもたれかかるように立っていて、朱葉に気がつくと、ドアを開けた。

助手席だった。

ちょっとした居心地《いごこち》の悪さを感じながら、朱葉はそこに乗《の》り込《こ》む。なんだか変な、不思議な気持ちだった。

車が発進する。

「どこに行くんですか？」

気まずい沈黙《ちんもく》を誤魔化《ごまか》すように朱葉が言う。これまで先生の車で、一体どこまで行ったっけ。夜景を見て。咲のうちに行って。画材を見たりして。

今日は、どこに行くんだろう。このイベント終わりに。……もしかしたら、最後になるかもしれないアフターに。

「予約をしてあるから」

と桐生は言葉少なに言った。

「個室で、ゆっくり話せるところ」

そう言われたら、なんだか途端《とたん》に緊張《きんちょう》してしまって、朱葉は黙《だま》って窓の外を見た。自分の緊張を悟《さと》られたくなかったのかもしれない。

個室で。一体どんな話をするっていうんだろう。

わからないけど、せっかくだ。せっかくだから、言いたいことは言っておかなければならないと朱葉は思う。

もうやめませんか。

なにをっていうわけじゃないけれど。

たとえば取引とか。二人の秘密だとか。

自分が縛《しば》られてしまうのはもう仕方がない。そういう風になってしまったのは自分の責任だ。

でも、先生を縛って。

これ以上……わたしは先生に迷惑《めいわく》をかけたくない。

いつか言ってしまいそうだから。そんなにわたしが好きなら、って。好きの種類も違《ちが》うくせに困らせてしまいそうだから。

そんなことを思いながら、やがて車が停車した。

「どうぞ」

車から降りてみれば、そこはいかにも高級そうな建物があった。

しかし一見、なんの店かわからず、首を傾《かし》げて桐生のあとに続く。

料亭《りょうてい》のような門構えから入り、和装の店員に中へと案内される頃《ころ》には朱葉はそろそろ、ここがなんの店なのかわかってきていて。

通された『個室』で、朱葉が思わず聞いた。

「なんで？」

お品書きにのせられた、高級そうな写真を見ながら。

「なんで、肉？」

心の底から、純粋《じゅんすい》な問いかけだった。

「アフターだから」

と、師はのたまった。

「ぱぴりお先生のこれまでの活動に感謝をこめて」

網《あみ》を前に桐生が言う。あくまでも真剣《しんけん》に。くそみたいに真面目な表情で。

「俺《おれ》の金で、思いっきり焼肉を食べていただきたい!!」

そう、そこはアフターの定番。

個室焼肉の店だった。

8 「神様のねがいごとV」

なにか違《ちが》う気がした。

ちょっとおかしいような気がした。

これはないのでは？　と思った。困惑《こんわく》したし反応に困った。

でも着席したのは、単に帰り方がわからなかったから。あまりに予想外のことをされると、ひとは流されるしかなくなるという典型だった。

座《すわ》ってメニューを見てもよくわからなかったから注文を任せ、分厚いナプキンを膝《ひざ》にのせて居心地《いごこち》悪そうに座っていた。

「飲み物、お茶でいい？」

「あ、はい」

注文を終えてほどなく店員が戻《もど》ってきて飲み物だけを置いて行く。お茶だけど、カクテルみたいに細いグラスに入っていてオシャレだった。

「……じゃあ、乾杯《かんぱい》」

「乾杯、ですか？」

まだまごつきながら朱葉《あげは》が言えば、桐生《きりゅう》はちょっと笑って。

「うん。ひとまずの活動の休止に乾杯をして、華々《はなばな》しく祝わせて下さい。そうじゃないと、さみしくて死にたくなりそうだから」

さみしくて、と言われ、朱葉は少し目を伏《ふ》せる。

「さみしいですか」

「さみしいよ。でも、待ってますよ」

信者だからね、いつでも、どんな形でも、と桐生は言う。その言葉に嘘《うそ》はないのだろうと朱葉は思う。でも、なんだか心にもやもやがたまってしまう。正体不明のもやもやが。

嘘なく、飾《かざ》らず、さみしいと言えるのは、桐生が大人だからなんだろうか。それとも。

やはり、朱葉の感じる、「さみしさ」とは別のものなのだろう。

そして二人、お茶で乾杯をして（かけ声は定番の、「イベントおつかれさまです」だった。だって、アフターだからね）肉を焼きながら、おもむろに桐生が言った。

「秋尾《あきお》にね、怒《おこ》られたんだよ」

「？」

「……早乙女《さおとめ》くん、俺《おれ》のこと、ちょっと避《さ》けていたでしょう」

やわらかな言葉で、肉を焼きながら桐生が言う。

「いや、それは……」

朱葉は否定をしようと思ったけれど言葉が見つからなかった。避けていたわけではないけれど、それに近かったような気はする。

考えたいことがあったから。出来ればひとりで。

ひとりに慣れないといけないって思った、から。

でもそれを口に出来なくて、黙《だま》っていたら桐生が静かな調子で続ける。

「早乙女くんが気にしていること、見当違《けんとうちが》いだったらごめんね。でも、言っておきたいから言います。俺は今でも、どこの大学にだって、行きたいところに行けばいいと思ってる。その自由が君にはあるはずだ。でもそれは、早乙女くんと離《はな》れたいって思ったわけじゃない」

朱葉は食事の手を止めて、黙ってその言葉を聞いている。

そして桐生は神妙《しんみょう》な顔で続けた。

「……関西は、だいたい隣町《となりまち》だと思ってるところがある」

「ん？」

日本地理を無視した発言に、朱葉が思わず聞き返した。

「いや、だから。俺の感覚では、国内は近所」

「国内は近所」

鸚鵡返《おうむがえ》し。

「夜行バスも本数も種類もあれば飛行機は最近じゃ底値の格安航空だってある。新幹線にいたってはもはや路線バス並みの本数があり座席がとれなかったとしてもたかだか数時間の立ちっぱなしなんて都内のラッシュに比べたら快適と言わざるを得ない!!」

力説だった。しかし朱葉は、はぁ、としか返せない。

「……だから俺は、ぱぴりお先生がどこに行ってもためらいなく追いかけるつもりでした」

推しが同時代に生きてるだけで奇跡《きせき》なので。

「……でも、それは俺の勝手な言い分だよね」

少し肌寒《はださむ》いほどの店内で、質のいい肉を焼いて朱葉の皿に取り分けながら桐生が言う。

「実際俺は、早乙女くんの十七っていう年齢《ねんれい》を失念していたんだと思う。君がとてもききわけがよくて、思いやりもあって、俺を困らせるようなわがままなんて言わない良い子だから。いや、そういう君のせいってわけではなくて……。全面的に、俺が馬鹿《ばか》で、思いやりが足りなかった。マリカにもずっと叱られてたし、秋尾にもまだ叱られてるのに、まだ」

……ごめんなさい、とそれこそ子どもみたいに桐生が言うので、朱葉は黙って、とりあえずお肉を食べた。食べながら色々と考えた。

桐生の言い分はわかった、気がする。どうしようもない人だなと思ったし、朱葉が後ろ向きに考えたように、自分のことを軽《かろ》んじられているわけでもないようだ。

でも噛《か》み合《あ》わない、とも思うのだった。この高級な肉の味がなかなかしないように、うまく心を言い表す言葉を持たない。

そうじゃない、と思う。

でも、なにがそうじゃないのか、よくわからない。

だからうまく桐生を責めることも出来なければ、許してやることも出来ないのだ。

そうした朱葉の沈黙《ちんもく》を桐生がどんな風に受け取ったのかはわからない。眉《まゆ》を寄せ、小さくため息をついた。多分、自分に対して。

「……キングが、さ」

そして、ぽつりと呟《つぶや》く。

「言ったんだ。秋尾と俺の話を聞いてて一言だけ」

朱葉は手を止め顔を上げ、その言葉を聞いた。

「〃──神様は、いつも信者を選べなくて、可哀想《かわいそう》だ〃、って」

本当にそうだ、俺なんかが信者で本当にぱぴりお先生には申し訳ない、というようなことを桐生は続けた。けれど、もうその言葉を朱葉は聞いてはいなかった。

「……がう」

「え？」

朱葉は手を止め呆然《ぼうぜん》と言った。聞き返す桐生を見て。

「……違うよ」

唐突《とうとつ》に、ふと、唐突に。

ぽろ、っと大粒《おおつぶ》の涙《なみだ》をこぼした。

「!!」

桐生が思わず血相を変え腰《こし》を浮《う》かす。真っ青な顔で、でも、どうするべきかわからないようで。

朱葉が慌《あわ》てて涙を分厚いナプキンで押さえながら言う。

「違う、違うと思います。キング、が、言ったの、そういうことじゃなくて、先生が、どうとか、秋尾さんが、どう、とか、違って」

信者を選べなくって、可哀想だ。

そう言われた時に唐突にわかったのだ。感じたのだ。どうしようもなさを、哀《かな》しさを、むなしさを。

これまで言語にしてこなかったから。

こんな悲しみがあるなんて気づきもしなかった。

「……先生は、選んで、わたしのことを好きになってくれたでしょう」

誰《だれ》に言われたわけでもなくて。桐生が、桐生の意志で、ぱぴりおを選んでくれたんだと思う。それは知ってる。

「でも選ばれる方は、お願いして、好きになってもらったわけじゃないから」

選べないって、そういうことだ。

信者はいつも、一番好きなひとを神様に出来るのに。

神様は、お願いをして、好きになってもらったわけじゃないから。自分が好きだって気持ちに応えてもらってるわけでもないから。

「明日、先生がわたしより好きな神様を見つけても、わたし、それを止めることは、できないんだよ」

本当はそれが悲しい。

さみしい。

むなしい。

言っても仕方がないことだって知ってる。

好きになってもらえることは奇跡だ。最初はいつだってひとりで描《か》いている。それを、自分を好きになってもらえることは本当に奇跡で、感謝をしなくちゃいけない。

でも、だから。引き留めることだって出来ない。

それがずっと悲しかった。さみしかったんだって、ようやく気づいた。描き続けていれば、それでもまだ大丈《だいじょう》夫《ぶ》だと思えたかもしれない。でも、今こうして休まなきゃいけないという時になって。

今日、会えた人にだって。

次はもう会えないかもしれないように。

桐生もきっといつかは次の神様を見つけるだろう。

でも、それを引き留めることは出来ないのだ。

朱葉が泣きながら言ったことを桐生はひどく呆然と、あまりに虚《きょ》を突《つ》かれたように聞いていた。

考えもしなかったのだろう。多分、秋尾も。

キングは多くを説明しなかったし、それを説明して引き留めたいとも思わなかったのかもしれない。

でも朱葉は言ってしまった。

神様、失格だ。でも失格でもいいと思った。

こんな風に、萌えの高ぶりや感動じゃなく泣いたのも久しぶりで、涙と一緒に洗い流すみたいに言っていた。

「先生が好きです」

多分、もう十分困らせて迷惑《めいわく》をかけているだろうから。言ってしまうなら、いっぺんに言ってしまおうと朱葉は思った。

「多分、先生とは違う意味で好きです。今は、だめな方の、好き、です」

言ったらずいぶん楽になった。

言ったってどうしようもないのに。でも、だからこそ言ったらすっきりした。

きっと迷惑になるであろう気持ちも告げられた。先生と生徒で、アンフェアで、でも。

言うだけくらいは許して欲《ほ》しかった。

朱葉は、うつむいたまま桐生の顔を見ずに、どんな受け止め方をしているのかも確かめずに一気に言った。

「だからご迷惑かと思いますけど、これ以上別になにも望みませんから好きでいることを許して下さい。気が済むまででいいので、どうかうまくあしらって、高校生時代の気の迷いだったって笑ってお別れ出来るくらいまでうまくわたしをだまして下さい」

だめなものは、だめなんだろう。

だめでいい。

「それで」

背中を丸めて最後まで言った。

「もしも、もしも、もう少しわたしの願いを叶《かな》えてくれる気があるなら、わたしはいつか神様じゃなくなるかもしれないけど」

未来のことは、わからない。

好きなものを好きでい続けることさえ、こんなに難しい。でも。

「どうか」

この長い未来で。

願いがひとつ、叶うなら。

「……わたしのことを幸せにしてください」

それが朱葉の今の願いだった。

テーブルの向こう側で、桐生が分厚い眼鏡をくもらせて、ごくりと喉《のど》を鳴らした。葛藤《かっとう》を感じた。多くの言葉がきっと彼《かれ》の中で巡《めぐ》っているのだろう。

「……俺で」

と呟いたあとに。

「俺なんかが」

と続いた。

「俺みたいな……」

そんなことも言った。もう、どうしようもないひとだなと朱葉は思った。

別にそれでいいけど。仕方ないけど。……そういうひとを好きになったのだけれど。

けれどそのあとに、ぐっと桐生は拳《こぶし》を握《にぎ》りしめて、

「けど、朱葉くん」

意を決したように言った。

「君を幸せにするのが、他の男では嫌《いや》だと思う」

その言葉に、朱葉はようやく、ゆるゆると顔を上げる。

「ただの信者だったら君の幸せのために身をひくだろう。……けど、そうじゃ、ないから」

朱葉みたいに、好きだ、という言葉を桐生は言わなかった。それはそれ、だってすでにあまりに言い過ぎてきたからだろう。

君が僕《ぼく》の神様だ。

でも、これまでの、それらの言葉とは絶対的に違うように感じた。そして今、桐生の言葉がゆっくり朱葉の中で溶《と》けて、しみこんでいくのがわかった。

涙は、もう、出なかった。

……なぜだかもう、それほどさみしくはなくなっていた。

「うん」

と、小さく頷《うなず》いて。それからほんとうに小さく、かすかに笑って。

「…………その言葉で、ギリギリ及第点《きゅうだいてん》にしてあげます」

お肉、こげちゃってますよね。食べましょうか、と朱葉が言った。

もう一度、高級な肉を焼き直して。

結構真面目に説教もしながらそのお肉を口に入れたら、……多分、とろけるように美味《おい》しいだろうと朱葉は思った。

　結局それから、別に具体的な未来の話なんてひとつもしなくて、最近見た実写映画の話と、今期のアニメが豊作な話と、鬼《おに》のようなガチャの話と、珍《めずら》しい大型イベント、新しいアイドルの話と……。しばらく話していなかったから、交《か》わす言葉が尽《つ》きなくて、とにかく喉が嗄《か》れるまで喋《しゃべ》り倒《たお》した。

　結局店を出るときも、お会計を見ることが出来なかったので、一体いくらになったか朱葉はわからなかった。

「ねぇ先生、美味しかったけど、こんな高そうな店はもういいですよ」

　車に乗《の》り込《こ》みながら、朱葉が言う。

「わたし、先生と喋れるなら、別にどこだって楽しいと思うので」

　多分、それが生物準備室でも、漫研《まんけん》の部室でだって構わないと朱葉は言った。

「…………」

　桐生は黙って固まってしまっている。

「どうしましたか?」

「いや」

　口元を押さえて、明後日《あさって》の方向を見ながら言う。

「ちょっと、いつも俺ばっかりが幸せなので、どうしようかなって思っているところだから」

気にしないでと。

はぁ……と朱葉は言って。朱葉も視線をそらせた。ちょっと、照れてしまったので。誤《ご》魔《ま》化《か》したのだ。

それから陽《ひ》の落ちかけた街を車が走り出し、朱葉が言う。

「そういえば、こないだ都築《つづき》くんが家まで来て」

「は？　あいつなにしてくれてるの？　怒っていい？」

桐生が運転をしながら早口で言う。朱葉は構わず続けた。

「それで、太一《たいち》とバスケ勝負をして、勝ったらわたしと付き合うとか、そういう話になったんですけど」

「締めるわ。明日締める。なんなら今夜締めるわ。ゆっくりきつめにきゅっとやるわ。ゆるさねーわ」

「結局、先生が都築くんと付き合うことになったんですよね」

すべてを端折《はしょ》ってそれだけ伝えた。

桐生はしばらく押《お》し黙《だま》ったあと、万感《ばんかん》を込めて。

「待って？？？？？？？」

実に腐男子《ふだんし》先生らしく、そう言ったのだ。

それから車で送ってもらって、桐生とは朱葉の家の近くの公園で別れることにした。路《ろ》肩《かた》にひとまず車をとめた。街灯からも距離《きょり》があり、薄暗《うすぐら》い車内で。

「今日は、ありがとうございました」

朱葉が言うと、「うん」と桐生は頷いて。

後部座席に手を伸《の》ばすと、小さな紙袋《かみぶくろ》を手に取った。

「これ」

「なんですか？」

「うーん……」

「うーん？」

「差し入れ？　いや、違うかな……一応……お土産《みやげ》……？　うーん」

簡素な白い袋を開いてみれば、中から出てきたのは青い学業お守りだった。

「これ……」

シンプルながら、刺繍《ししゅう》されていた神社名は遠く、九州の有名なものだった。

「先生………」

そのお守りを握りしめながら、思わず朱葉は言ってしまった。

「先週の聖地リリイベやっぱり行きましたね？？？？」

「許して！！！！！　そこは！！！！！」

日帰り突貫《とつかん》だから、あとその色味めっちゃ推しカプっぽくない⁉　青に薄ピンクの桜なの!!　と言われて呆れながらも「ちょっといいな」と思ってしまったから、朱葉の負けだった。

おそらくいくつか種類もあったんだろう。推しカプ色と言われてしまったらやっぱり嬉しいし。信じるものは救われるはずだ。こんなに有名な神社なのだから御利益《ごりやく》もあるはず……と思いながらお守りを触っていたら。

「なんか、入ってる……？」

「だめ」

即座に入った制止に朱葉の手が止まる。

「開くと御利益なくなるから。受かったらにして」

その言葉に朱葉は少し考えながら、指先に神経を集中させて。

「…………このサイズと形状は……」

「サーチ行為は禁止です！！！！」

※ブラインド商品の中身を判断しようとするのはマナー違反とされます。

その必死の形相《ぎょうそう》に思わず笑ってしまいながら、

「じゃあ、受かったらのお楽しみということで」

大事にしますねと、朱葉は言った。

さゎ
さゎ
さゎ
サーチ行為禁止です!!
さゎ
さゎ

第3章

運命のつくりかた

1 「え、まだリセマラしてるんですか？」

それなりに波乱があって決着もあった高校三年生の夏が終わって、新学期がはじまった。

学生達《たち》には容赦《ようしゃ》なく休み明けのテストが襲《おそ》いかかり、その結果が出る頃《ころ》には夏休みの課題を引きずっていた生徒達も、徐々《じょじょ》に日々を学業のある生活に戻《もど》していく。

途端《とたん》に受験生は模試に推薦《すいせん》に願書にと一気に忙《いそが》しくなるけれど、朱葉《あげは》のクラスはそれでもどこか明るい雰囲気《ふんいき》をたもっていた。委員長である都築《つづき》が、いつまでも男女色々引き連れて、馬鹿《ばか》をやっているからなのかもしれない。（ちなみに夏休みの課題提出は結局クラスのしんがりとなり、生徒指導室において桐生《きりゅう》の個人監督《かんとく》のもとに補習となった。なぜか、桐生の方が憔悴《しょうすい》していた気がするが、朱葉には詳《くわ》しいことを教えてくれなかった）

これが二年であれば修学旅行などの心躍《おど》るイベントがあるが、三年生はもう文化祭ぐらいしか残されていない。

そして、祭りと名のつくものに、ひときわ情熱を燃やす居残り補習者、都築水生《みお》である。

「じゃあーこの候補の中から絞《しぼ》り込《こ》みたいと思いまーす！」

教壇《きょうだん》に立ち堂々と都築が言う。

肌《はだ》は夏休み前とくらべてずいぶん黒くなったが、金きらだった髪《かみ》の毛《け》は新学期初日に体育教師に染め直されていたが、黒板には様々な案が書かれていたが、

・自主制作映画
・コスプレ喫茶《きっさ》
・脱出《だっしゅつ》ゲーム

最終的にはこの三つに絞られたようだった。担任である桐生は、新しい企画《きかく》が出る度《たび》「もうちょっと規模を小さくしろ」「時間がとられすぎ」「受験生勉強しろ」「どうしてそんなに真剣《しんけん》なんだ」と横から突《つ》っ込《こ》みを入れていたが、途中《とちゅう》からはもう諦《あきら》め顔だった。

ちなみに他にはミスコンなどの企画もあったが、都築が「俺《おれ》が一位になっちゃうの面白《おもしろ》くないでしょ」と却下《きゃっか》していた。傲慢《ごうまん》である。

「それじゃ～記名制で投票箱つくっておくから、やりたい出し物書いて入れておいてくれな～！　こういう内容にしたいっていう提案も書いておいてくれると助かる！　出来るだけサボってたいってやつは投票しなくてオッケー！　でもちょっとくらいは一緒《いっしょ》に楽しんですごそーぜ！」

相変わらずお祭り男の采配《さいはい》は立派だ。クラスのことは都築に任せて、朱葉は、「部活動

の出店」にかかりきりとなった。

大がかりな出展を予定している運動部などは、保健所に申請《しんせい》を出して屋台を開くが、実質二人だけの部員では、そんなことが出来るはずもない。

なにもしない、というのも一案ではあるのだが。

「やっぱり、他の部員、募集《ぼしゅう》した方がいいと思うんですよ」

落ちかけた夕焼けの差《さ》し込《こ》む放課後、部室の椅子《いす》に座《すわ》っていつものようにスマホをいじりながら、朱葉が言う。

「このままでもいいって、咲《さく》ちゃんは言うけど、せっかくここまでちゃんとした部室が出来たのに、来年なくなっちゃうの、ちょっと忍《しの》びないなって。わたしもさみしいし……咲ちゃんはもっと、さみしいんじゃないかなって思うんですよ」

だから、部のことを知ってもらうのにいい機会になるのでは、と言う朱葉に、桐生もまたいつものようにタブレットをいじりながら、

「まあ、俺も、この部活があれば他の顧問《こもん》は断りやすいし、存続してくれればいいとは思ってるけど」

なんでもない口調で、なんでもないことみたいに、けど、ちょっとだけ目線を上げて言う。

「来年でいいんじゃないの、とか思わなくもないわけだけど」

俺はね、と言われて。

そうですね、と、朱葉は言う。なにがですかなんて聞かなくたって、本当は言いたいことはわかっているのだ。

静かな放課後の。この、穏《おだ》やかで賑《にぎ》やかな時間が。なにものにも代えがたいってことぐらい。

「でも来年になっちゃったら、わたしがしてあげられることって、本当になんにもなくなっちゃう気がして」

部長らしいことを、部に対しても、咲に対しても、なにもしていない気がするのだ。そんなのいらないって、咲はきっと言うだろうけれど。

やっぱり朱葉は、自分が出来ることがあるならしたい、と思うのだ。

「あとね」

それから、ちょっと目をそらしながら、なんでもない風を装《よそお》って言った。

「なんか大丈夫《だいじょうぶ》なんじゃないかなとも思うんですよ」

ひとりごとみたいに言えば、桐生も顔を上げなかったけれど、その手が止まっていたので多分、ちゃんと聞いていたんだと朱葉は思った。

「なんか……うん。たくさん人がいたって、楽しいんじゃないかなって。……わたしは、咲ちゃんと先生が喋《しゃべ》ってるの楽しそうだなって思うし、先生と夏美《なつみ》が喋ってるのも愉快《ゆかい》そうだなって思って見てましたよ」

それは数日前の部室での話であった。この夏、改めて朱葉は夏美に『ふだせん』との長い話を打ち明けたのだ。最初は驚《おどろ》きと興奮で悲鳴を上げていた夏美だったが、アフターでの決着を聞いて、

「そこで、焼肉……？」

と目を丸くしたまま絶句した。結局「焼肉はなくね!?」というのが一番鮮烈《せんれつ》な印象となって彼女《かのじょ》の中に残りオタクだった衝撃が吹き飛んだらしい。先日の、夏美と桐生のオタトークファイトでは合間合間に恋愛《れんあい》を探《さぐ》ってくる夏美に何度か桐生が咳《せ》き込《こ》む場面があった。

その時のことを思い出したのか、ちょっとげっそりした様子で桐生が言う。

「なんとなく早乙女《さおとめ》くんが愉悦《ゆえつ》感じてるのはわかってたけど俺的には色んな棘《とげ》というか探りというか色々色々感じたけどね感じたただけだったけどなにも決定的なことは言われなかったけどそれでもね？」

「夏美も結局はオタトーク優先で楽しく話したってことですよ」

元気出して！　と両手でガッツポーズをしながら適当に答えた。まあ、そういうあれこれも踏《ふ》んだ結果として。

「うん。誰《だれ》がきても、大丈夫」

自分で確認《かくにん》するように小さく笑《え》みを浮《う》かべて朱葉が言った。

「わたしは、それなりに、わたしが特別だって思えます」

どこか力強いその返事に、桐生はずるずるとタブレットに突《つ》っ伏《ぷ》して。

「……君が、正しい」

そういう風に、朱葉の答えを、採点して。

展示にしろ制作にしろ、予算のことは、せんせーに任せなさい、とせめてもの、でも心強い返事をくれた。

「やったね」

と朱葉が一仕事終えた顔をしたけれど。

ふと、思いついたことを聞いてみる。

「ちなみに、先生はこんな企画が見たいとか、あります？」

教室では都築の方が乗っていたのであまり建設的な意見を出さなかったが、桐生の意見はどうなんだろうな、と思って聞いてみれば、桐生はじっと自分のタブレットを見て。

「………みんなで楽しくリセットマラソン体験会とかかな」

そのガチな返事に朱葉が引く。

夏休みの終わり、桐生待望のゲームがリリースされたことは、朱葉も知っていた。

ちなみに、リセマラとは、ゲームを開始するにあたって目当てのキャラクターが出るまでダウンロードをし直し続けるという行為《こうい》である。

「え、まだリセマラしてるんですか？」

「さすがに俺も休み明けのあれこれで時間がとれなかったんだ！　というか基本はリセマラはしない主義だなぜならレアリティやスペックの違《ちが》いでキャラクターに優劣《ゆうれつ》をつけるというのはカップリング至上主義者としてあるまじき行為であると思うからだ。ガチャでの出会いもまた運命のひとつとして楽しむべきだと思う、そして推《お》しが出来た時が課金のし時だから。がしかし！！！！！！！　すでに！！！！！！！　すでに推しがいるゲームはこのうちに入らない！！！！！！！」

「はぁ」

「運命は！！！！　つくれる！！！！！！！」

ここにも夏休みの課題が終わってないひとがひとりいたな、と朱葉は思った。

外はようやく秋の気配なのに、まだ残暑みたいな熱だった。

2 「特殊装丁オプションは二つまで可だ」

どうしても放課後の時間がとれない咲《さく》だけれど、朝に一本電車を早めることは不可能ではないという。

というわけで、文化祭に向けて漫研《まんけん》では始業前の『朝活』がはじまった。

「内容としては作品展示と部誌制作がメインになってくるかと思うんだよね」

二人だけの話し合いだけれど、都築《つづき》に倣《なら》うようにして朱葉《あげは》は黒板の前に立ち、書記兼《けん》司会を務めていく。

「部誌って、コピー本のことですか？」

咲の問いかけに、朱葉がVサインをして言う。

「予算がつくそうだから、つくっちゃえばいいんじゃない？　薄《うす》い本」

ねえ先生？　と言えば、教室の隅《すみ》で仕事を持《も》ち込《こ》んでいる桐生《きりゅう》がVサインを返してくれる。

「特殊装丁《とくしゅそうてい》オプションは二つまで可だ」

「きゃー先生カッコイー！　イケメン！」

朱葉は心の底から黄色い声を上げた。

人の金でつける特殊装丁は美味《うま》い。

その黄色い声を聞いた桐生は心の中で、（なぜ特殊装丁はよくて焼肉はだめだったんだろう……）と思ったけれど、口に出したらいよいよ黄色い声が血に染まりそうな気がして黙《だま》っていた。

咲は楽しげに身を乗り出して、

「ぱぴりお先生の新作が見られるわけですね!!」

と言うけれど。

「いやいや、咲ちゃんも書いてね？」

と朱葉がさらりと告げる。

「えっ」

「え？」

かたまった咲に朱葉が聞き返す。

さあっと咲が青ざめて声を上げた。

「えええええええ無理です！！！！　咲は！！！！！！　絵が！！！　下手ですし！！！！！」

「え、でも咲ちゃん、ＳＳ《ショートストーリー》あげてるよね？」

「いや！　あれは！」

「そうだぞ静島《しずかしま》くん。先日は念願の10users入りタグがついていたじゃないか。着々と成長していて先生も嬉《うれ》しい」

「なんで師匠《ししょう》知ってるの！！！！！？？？？？」

それはusers入りタグをつけるのが先生の生きがいだからである。

とは、思ったけれど言わなかった。

「でも！　でも！」

必死になって咲が叫《さけ》ぶ。

「二次創作しか書いたことないです！！！！！！」

「それなー……」

と朱葉が腕組《うでぐ》みをする。

「わたしもオリジナルは……同人活動はじめてからほとんど描《か》いてないのよね。描き方忘れてるっていうか……そもそも描いてた頃《ころ》が曖昧《あいまい》だし……。でもさすがに学校の部誌に二次の推《お》しカプ書いちゃうと来てくれる人に配るわけにもいかなくなるからね」

「いや、でもイラストくらいはあってもいいんじゃないか？」

先生が淡々《たんたん》と話す。

「部員の好きなものを紹介《しょうかい》するっていうページがあるのは普通《ふつう》なことだし、好きなものを好きだと表現する。それもまた漫画《まんが》研究って言えると思うよ」

「珍《めずら》しく正論言いますね……でもその心は？」

「一枚でもぱぴりお先生の新規絵が見たい」

迷いなく答える桐生だった。

「みたーい！　みたーい！」と一緒《いっしょ》になって咲も言う。

「うーん……じゃあ、こうしましょうか。わたしも推しマンガの紹介イラストを描くし、咲ちゃんは文学作品とかも好きだったよね。咲ちゃんの紹介する文学作品にちょっとしたカットをつけるってのは、どう？」

「見たいです！！！　がんばります！！！！！！」

「でもそれだけじゃ本にはならないのよねぇ……」

「先輩描くとしたらどんなオリジナルなんですか？　興味あります！！！！！」

「そうねぇ……」

ちょっと考え込んで、朱葉が言う。

「最近だと、イケメン教師と彼《かれ》を振《ふ》り回《まわ》すクラスのチャラ男《お》……とか？」

「ＢＬはやめておこう」

咲が食いつくまえに桐生が声を上げた。迫真《はくしん》だった。

「ええ〜まだくっついてるとは言ってませんけど〜？　それに最近ドラマでも人気なんですよ！」

「ＢＬは、やめておこう！！！！！！！！」

苦手な人だっているかもしれないし！　と桐生。咲は話についていけずきょとんとしている。

やだな〜冗談《じょうだん》ですよ〜といなして、

「せっかくだから同人誌の作り方、ってレポ漫画にしてもいいかもですね」

「頒布《はんぷ》が終わったあとにＳＮＳにあげたらバズりそうだな」

「そういう生々しい話はやめてください」

苦手な人だっているかもしれないんですよ。知らんけど。

「まぁ追々中身は考えていくとして……締《し》め切《き》りはこの辺りで……特殊装丁入れようとすると自然に早くなりますよね……大丈夫《だいじょうぶ》かな……」

「表紙を先入れにしたらどうか」

「先生そういうことだけほんとよく知ってますね。それしかないかな〜。箔押《はくお》しとかしてみたいもんな……。入稿《にゅうこう》作業は三日もとればいけるかなぁ。咲ちゃん、また朝って来られる？」

「はい！」

わくわくとした様子で咲が言う。なんだかんだと、やっぱり創作するということは楽しいことだ。桐生としては、受験勉強も忘れずにと言いたいところだろうが、朱葉がわかっているると思っているのだろうか、口うるさくは言わなかった。

「展示は部室でいいですよね。ポスターとカラーボードくらいでいいかなぁ……」

「イラストもいいと思うけど、早乙女《さおとめ》くんはせっかくだから生原稿《なまげんこう》を飾《かざ》ってみるのもいいんじゃないか？」

最近だと、デジタルが主流だからアナログ原稿は見応えもあるだろう、と言う桐生に。

「え、それめっちゃ恥《は》ずかしいんですけど……」

と引き気味に朱葉が言った。

「綺麗《きれい》じゃないか。原稿」

「綺麗じゃないし！　人に見せるようなもんでもないですよ！」

「咲も見たいでーす！」

「俺《おれ》にはトーン貼りまでさせておいて……！」

「修羅場《しゅらば》は!!　別なの!!　本来なら恥ずかしくて人に作業なんて頼《たの》めません～！」

頼むような事態にならなければいいのだが、それは別の話だ。「咲もぱぴりお先生の原稿に消しゴムかけたい!!」と咲もきゃんきゃん言っている。

朱葉は息をついて、

「まぁでも、部誌をつくるレポ漫画とかなら……そのつもりで原稿つくれば……諦《あきら》めがつくかな……。カラーボードとかの方が慣れてないし、時間とられそう……」

考えながら言えば。

「カラーも見たいです～！」

「見たいで～す」

咲と桐生がわがままを言っている。静粛《せいしゅく》に、といさめる傍《かたわ》らで予鈴《よれい》が鳴る。

どっちが先生かわかったもんじゃないなと、朱葉は思った。

3 「やばい、運命の恋かも。比翼連理かも」

「委員長～！」

今日も今日とて朝から文化祭の打ち合わせをしていた朱葉《あげは》が、教室に入るなり都築《つづき》に手を振《ふ》られた。

「結果でたよー！」

ひらひらと紙束を見せてくる都築の元に朱葉が歩いて行って尋《たず》ねる。

「結局なんになったの？」

文化祭の出し物についてクラス投票を行っていたのだった。細かい数字を出すまでもなく、はっきり結果が出たらしい。

「コスプレ喫茶《きっさ》圧勝！　結構色んな意見も集まったから見ておいてよ」

「へえ……」

朱葉自身にはこれがいいというこだわりがなかった。変に票が割れなかったのなら、なによりだろう。

男子からのコメントには、メイド服や、水着なんていう際《きわ》どいものも多い。それはコスプレではない、と朱葉は思う。

都築くんはどんなのしたいの？　と聞けば、ポーズを決めながら都築が言う。

「俺《おれ》としてはやっぱりホスト系？　ナンバーワンになっちゃう？　シャンパンタワーでアゲアゲタイムしちゃう？」

あまりに似合いすぎる言葉に朱葉が眉《まゆ》を寄せる。

「それ女子はなにするの？　ホステスさせないでよ」

「女子もホストするとか」

「男装か……ちょっと悪くないけど……」

ホストクラブは先生の許可が下りなさそう、というのが朱葉の正直な考えだった。ただでさえ都築は生徒指導の受けが悪いし、無理をして押《お》し切《き》るところでもあるまい。

「委員長はなんかある？」

問われて朱葉はちょっと考えて。

「…………ゾンビとか？」

出来るだけ一般《いっぱん》向けを意識した提案などをしてみる。「おっいいじゃーん」と都築も乗り気だ。

「俺、メイク詳《くわ》しいやつ知ってるよ～。あ、でも隣《となり》のクラスがお化け屋敷《やしき》やるらしいんだよな～あんまりかぶるのもちょっとな～」

その言葉につくづくよく考えているなぁと朱葉は感心してしまう。

「喫茶だしね。ゾンビ喫茶は飲食物の提供難しそうだよね。確か、教室だと簡単な軽食しか出せないはずだし……。あ、そういう意味じゃ、これ、いいんじゃない？」

投票の中から選んだ一枚には、コスプレ喫茶への投票とは別に、

『チャイナ服とか着た～い！　家に茶器がいっぱいあるので貸し出しも出来ます！』と書いてあった。

「簡単なお菓子《かし》と中国茶なら女子受けもいいんじゃないかな？　男子はう―ん……カンフー服とかになっちゃうけど……」

「え、男子もチャイナ服着ちゃってもいいんじゃ？　なんならスリット入れて扇子《せんす》振る？」

「なんか混ざってるよ。そこは任せる。男子の方は都築くんがまとめて」

やりたいと言うなら止めはしない。

じゃあ今週のホームルームで……とまとめようとしたけれど。

「ねえねえ」

ニコニコと笑って都築が言った。

「せっかくだから、俺やりたいことあるんだけど、いい？」

そして放課後の職員室。

日誌を出しながら、出し物について聞かれたので朱葉が桐生《きりゅう》に報告をした。

「――中国喫茶と占《うらな》いの館《やかた》？」

朱葉の言葉にいぶかしげに桐生が言う。

「なんだその……なんだその……」

言葉を選んだまま、職員室ということもあってか桐生は言葉を濁《にご》した。サブカル女子みたいな、とか言いたかったのか。はたまたもうちょっと言葉を選ばない発言をしようとしたのか。

「ちなみに占いの館は都築くんの希望です」

「あいつそういう才能もあるのか」

「恋占い専門だそうです」

「圧倒的《あっとうてき》に信用出来ない」

それな、と朱葉も頷《うなず》く。

「ただ恋愛《れんあい》相談を受けたいだけかなとも思うんですけど」

くやしいかな、手軽でウケそうな気がするんですよね……。と朱葉が言う。

飲食を売りにするわけでもないから安全だし、中国とは何の関係もないけれど、恋《こい》おみくじなどつくれば気軽に楽しんでもらえることだろう。

もちろん都築のその技術は、ただの数ある彼《かれ》のモテテクのひとつでしかないのだろうが。

「ちなみにわたしも手相見られました」

手のひらを見せて朱葉が言うと、桐生は少しだけ、苦みをにじませる表情をした。

「カリスマ線があるって言われました」

「あたってる……」

「あたってないです」

いきなり信じ出した桐生を切り捨てて。

「まあ都築くん曰《いわ》く、結構あたるサイトがあるそうなんですよ。それを使ってやれば、自分以外でも占いのテーブルをつくれるんじゃないかって。先生今パソコン見られます？」

「ああ」

職員室のデスクの上には桐生の私物ではないパソコンが置いてあり、そこのブラウザから、都築が教えてくれたサイトを開く。

「この……このサイトで……」

出てきたサイトは相性《あいしょう》占いで、生年月日を入れるだけの簡単なものだ。

「…………」

「…………」

桐生が無言で、なにかの生年月日を入れ、朱葉も無言で見守る。

一瞬《いっしゅん》で出た結果を、また無言で黙読《もくどく》する。

――最初はお互《たが》いを認めることが出来ず、もめごとがあり、傷つけ合う相性です。

――しかし、いつしかお互いの欠点を補い合うような無二の関係となり、自分の分身であるように感じるでしょう。

「あたってる……」

「めっちゃあたってる……」

「やばい、運命の恋かも。比翼連理《ひよくれんり》かも」と桐生が呟《つぶや》く。腐《ふ》の者はすぐ比翼連理のたとえを出す。

そう自分の話ではない。

推《お》しと推しの相性である。

これ以上は職員室ではやばい。

それではとそそくさと職員室をあとにして、朱葉は思う。

(そういえば、先生の誕生日っていつなんだろうな)

季節はもうすぐ秋の盛《さか》り。

葉っぱが朱《あか》く色づく頃《ころ》に生まれた、朱葉の誕生日が近づいていた。

4 「禁断の恋」

――――それは、先生との、禁断の恋。

「あ――――朱葉《あげは》、これ、これこれ！」

放課後、文化祭での買い出し、その中でも画材に関するものを買うために、クラスメイトの夏美《なつみ》と繁華街《はんかがい》に出ていた朱葉は、夏美に連れられて行った映画館の前売り券売り場の前で、そんなことを言われた。

夏美が指したのは、今絶賛公開中の恋愛《れんあい》映画で、人気のイケメン俳優と人気の美少女がきっと胸キュンの展開を繰《く》り広《ひろ》げるのだろう。そういうのが、売りの、映像だった。

「これってなによ」

げんなりした顔で朱葉が聞けば。

「なにって恋だよ。禁断の恋」

きょとん、と夏美が応える。

「見て行く？」

はぁ、と朱葉が深いため息をついた。

「なに言ってんの、受験生」

ただでさえ、来年公開のイケメンアニメの、前売り券特典のグッズのために並んでいるというのに。どこにアニメ以外の映画を見に行く時間があるというのか。

「興味あるかなと思って」

「興味ねぇ……」

夏美の言いたいことは、わかっているつもりだった。この夏休みに、親友であり腐れ縁《くされえん》(腐っている意含《ふく》む)の夏美に、桐生《きりゅう》とのことを話していた。

だから、こういう教師と生徒の映画を指して、彼女《かのじょ》はこう言うのだ。

「参考になるんじゃない?」

「なんの参考だってば」

いや、わかる。わかっているのだ。

認めたくはないけれど、そして認めていいのかもわからないけれど。

自分がしているのは、教師と生徒の恋、だ。

それはそれだ、そうなんだけど。

朱葉が難しい顔をしていると、前売り券売り場の列が夏美の番となり、複数枚購入《こうにゅう》した夏美はその場でグッズを開封《かいふう》。キャラクターを確認《かくにん》するやいなや、スマホを取り出し、真剣極《しんけんきわ》まりない顔でタップしはじめた。

「大丈夫《だいじょうぶ》そう？」

「いける。推《お》しは出なかったけど絶対勝てるキャラ出した。即決《そっけつ》する」

ちなみにこの場合の絶対勝てるキャラとは、作中の一番人気のキャラクターを指す。げにおそろしき、前売り券ブラインド特典戦争。

健闘《けんとう》を祈《いの》る、と思いながら、朱葉は延々と繰《く》り返《かえ》し流れる映画予告をなかば呆《あき》れ顔《がお》で眺《なが》めた。

「……馬鹿《ばか》らしいと思うんだよね」

深く触《ふ》れまいと思ったけれど、自然と口にしていた。

映画予告の、情感たっぷりの俳優の顔を見ながら。

「禁断なんて。少なくとも、数年待てば禁断じゃなくなるわけだし。あんな……あんな、つらい顔するのは、ごめんだわ。相手にだってそうだし、自分だってそうだよ」

心の底から、そう思って言った。

楽しい方がいいに決まってるし。

自分達《じぶんたち》は、少なくとも、今まで楽しかった。

それだけは自信を持って言えた。

「でも、待てないのが恋なんじゃない？」

スマホから顔も上げず、夏美がそんな生意気なことを言うので。

「そうだとしたら、恋じゃないのかもね」

朱葉は冷たくあしらうようにそう言った。しかしその横顔を見てふっと夏美が笑う。朱葉の、強がりや、照《て》れ隠《かく》しを見抜《みぬ》くみたいに。

決して気分のいい返事じゃないな、と朱葉は気づいていたけれど。「ねぇねぇ」どん、と肩《かた》を寄せるようにして、夏美が言う。

「卒業したら、まずどうしたい？」

うっ、と朱葉が言葉に詰《つ》まる。

「どう……どう……案外もう会わなかったりしてね」

あはは、と乾《かわ》いた笑いと一緒《いっしょ》に朱葉が言えば。

「そんなの許さないよ!?　無責任じゃん！！！！！！！」

嚙《か》みつかんばかりに夏美が言う。

その剣幕《けんまく》に、朱葉が面倒《めんどう》になって声を上げる。

「知らんわ！　トレーディングどうなったの!?」

「いえーい！　即決！　しかもちょうど近くにいる人！　これから来るって！」

態度をコロッと変えて、夏美がVサインをしてくる。オタクはスピード勝負。都会万歳《ばんざい》。

「でも、なんか世の中ってほんっと狭《せま》いよねえ」

夏美も映画予告を見ながら、しみじみと言う。

「こういう時にトレーディングに来る人って、もしかしたら知ってる人だったりして？」

その言葉に。

「いやーまさか」

とちょっと笑って、朱葉が言う。

「まさか、そんな……」

あり得ないよ。あり得ないはず。あり得ないに違《ちが》いない。その、はずなのだけれど……。

なんだか不安になってきて、ちょっと貸して、と朱葉が夏美のスマホを覗《のぞ》き込《こ》む。とりあえず桐生のアカウントではない。そうだ、彼《かれ》は今日は確か、別の劇場で人気アイドルアニメの、応援《おうえん》上映誕生日特別編４ＤＸに秋尾《あきお》を誘《さそ》って行くと言っていたはずだ。朱葉は死ぬほどうらやましかったけれど、受験生だから涙《なみだ》を呑《の》んで諦《あきら》めた。

そうじゃなくてもクソみたいに忙《いそが》しいのだ。お互《たが》いに。だから。

(ないない)

絶対にないよ、と思っていた。だけどなんだか不安がぬぐえなくて……。

「あ、あの人じゃないかなー！」

推し色のストールをかけてる……と夏美が手を上げた。その相手が、夏美よりも先に、朱葉に目を留《と》めた。

――それは、教え子との、禁断の恋。

「………」

　大型映画館のシアター外、ふかふかの絨毯《じゅうたん》を踏《ふ》みながら、秋尾が眺めていたのは、朱葉が見ていたのと同じ映画の巨大《きょだい》ポスターだった。

　色々思うところあって見ていたのだけれど、ロッカーからダバダバとテンションの高い桐生が戻《もど》ってきた。

「いや〜4DXやっぱ最高だな！！！！！　その上推しの誕生日を祝える歴史的瞬間《しゅんかん》！喜び！　実質無料！　実質無料！　むしろ追銭《おいせん》をしたい！　絶対に円盤《えんばん》に入れて欲しい！俺《おれ》はこの日のために生まれてきたと言っても過言ではない！　特典映像にお仕事おつかれさまと言われた瞬間、俺のすべての疲《つか》れは吹《ふ》っ飛《と》んだ!!」

「うるさいわ！」

　思わず頰《ほお》を片手で挟《はさ》み込《こ》み、キレながら秋尾が言う。

「4DXは眼鏡《めがね》が濡《ぬ》れるから今日は職場からそのままオンで来てるんだろうが、もうちょっと自重しろ！！！！」

顔をつくれ。コスを崩《くず》すな。リアルに紛《まぎ》れろ。

ただでさえ、学校関係者が来なさそうな劇場に、ギリギリに入場しているのだ。退場時も暗い間に外へ出るのかと思ったら、明かりがついてからみんなでハッピーバースデーを合唱するから出られないとか吐《ぬ》かす。

興味があったからついてきたのは秋尾の方だが、もうお前締めたろか、と思ったのも事実だった。

映画は面白《おもしろ》かったけれど。

「ほら、この映画の客に紛れて帰るんだろ」

近くのシアターから出てきた客達の流れに秋尾が桐生を引きずって行く。

「ちょーよかったよねー」「かっこよかった〜」「泣けた〜」と前を行く女性陣《じん》がしきりに話している。

「まぁ……この映画も、お前が見るにはどうかと思うけどな」

秋尾が呆《あき》れたように呟《つぶや》くと、桐生がようやく周りを見る余裕《よゆう》が出来たようで、半分振《ふ》り返《かえ》って言う。

「この映画って?」

「恋愛映画。教師と生徒の」

どうよ、と。なんとはなしに秋尾が尋《たず》ねれば。

「……まあ、俺も」

ポスターを眺めながら、少しだけ、真面目な顔をして桐生が言う。

「先生があれだけイケメンだったらぐらっとくるよな……」

「どうしてそっちの視点なんだよ！！！！！！」

こいつはもうだめだ、と秋尾が腹の底から思う。

「お前なんて、とっとと捨てられちまえ！」

半ば本気の勢いで言えば、

「俺が捨てられても、俺は、捨てない」

きっぱりと桐生が言う。真剣な顔で。

けれど、秋尾の方がそういう点では一枚上手だった。

「お前はそれでいいだろうよ。お前だけがな！」

ビシリと指をつきつけて言えば、ぐっと桐生の胸に刺《さ》さった、顔をした。

「考えろよ、先生。朱葉ちゃんに他の男が出来るなら全然それでいい。けど、真面目に付き合うなら責任の取り方ぐらいいさ」

眉《まゆ》を寄せて、秋尾が低い声で囁《ささや》く。

「そうじゃなきゃ、絶対、つらくなるのは彼女だぜ」

それが、一番こたえることは、わかっていて。

しゅん、と肩を落とした桐生に秋尾はため息をつき。まあ別にフォローをするつもりはないけれど、ちょっとだけ態度を軟化《なんか》して言ってやった。

「………本当は、今日連れてるのも、俺じゃない方がよかっただろ」

「そ——れ——な——」

がばっと顔を上げて、指さして桐生が言う。

わかってはいたが、やっぱり、結構、ムカついた。

その後しみじみ、噛みしめるように桐生が言う。

「まあでも……大事な時期だから。俺は、祈るばかりだよ」

少しでも、つらい気持ちには、ならないようにと。

なんであれ、どうであれ、高校生活の最後はなにより大切なものだから、と。

一方。その頃《ころ》。

遠い空で祈られていることもつゆ知らず、朱葉はピンチに陥《おちい》っていた。

夏美のトレーディング相手。

それが知ってる人だったらどうしよう？　なんて。

あるはずない、と一蹴《いっしゅう》したけれど。
（これは……）
これは、どうだ？
「…………………こんばんは？」
そう夏美に挨拶《あいさつ》をする綺麗《きれい》な人は。見間違《みまちが》えがなければ。
見忘れるわけもない。……桐生の元カノ、マリカ、その人だった。

5

「こんなはずじゃなかったの」

繁華街《はんかがい》の映画館、前売り券売り場近く。

文化祭の買い出しを終えた後で時間も遅《おそ》かった。対面するマリカは仕事あがりなのだろうか。いつもの隙《すき》のないＯＬの格好をしていたけれど。

「これ……」

鞄《かばん》から出てきたのは、まごうことなき映画前売り券についてるグッズだった。今回はクリアファイルだったので、銀色のブラインド袋《ぶくろ》に入っていた。トレーディング前提ということだ。

「わーありがとうございます！　こちらもご確認《かくにん》下さい～！」

にこにこと夏美《なつみ》が取引を持ちかけたファイルを見せている。一番の強カード、と言っていたその柄《がら》を見た瞬間《しゅんかん》。

（あ）

隣《となり》で眺《なが》めていた朱葉《あげは》は見逃《みのが》さなかった。

（笑った）

好きなんだな、と朱葉が思った時だった。

「違《ちが》うのよ」

いきなり、これまでの夏美との声のトーンを変えてそう言ったので、夏美も、それから朱葉もちょっと面食《めんく》らう。

そしてマリカは朱葉へ向き直ると、心なしか焦《あせ》ったような早口で言った。

「これは違うの。勘違《かんちが》いしないで。ちょっと違うの。…………………久しぶりね？」

「えっ朱葉知り合い!?」

「えーあー……うん……」

どうするかな、と苦い顔をしてから朱葉が言う。

「夏美、ちょっと先……帰っててくれない？」

「えー！　メニューづくりどうすんの、文化祭まであたしもう時間とれないよー!?」

それもそうか、と思い直して。

「ええっとじゃあ下のファミレスで席とっておいて！　すぐ行くから！」

そう言って、まだ納得《なっとく》のいかない顔の夏美をその場から離《はな》れさせる。振《ふ》り返《かえ》る夏美の顔は最後まで、「あとで説明してよね！」と書いてあった。まあ、あとのことは、あとに考えるとして。

「学校の、お友達？」

夏美の背中が見えなくなって、マリカが言った。

「あたしは別にいてもらってもよかったけど……」

「お好きなんですか？」

マリカの言葉をさえぎり手に持ったグッズを指さし、朱葉が言う。

「違うのよ」

マリカは反射的に言ってから言葉を重ねた。

「違うの。これは違うの。魔《ま》が差したの。ちょっと出会っちゃったの。こんなはずじゃなかったの。はまるつもりはなかったの。放送時も別に見るつもりもなかったの。絵は確かに悪くないけど内容はどうせ軟派《なんぱ》なアニメなんでしょって思ってたわよでも絵は綺麗《きれい》だったわよね絵は綺麗よねまあそれで特別編？　総集編っていうの？　それだけでも見てみようかなと思ったら、それで」

「落ちたんですね」

結論としてそう言ったら、

「…………カズくんに言う？」

そう、ちょっと気まずそうに顔を背けてマリカが言う。

「え、なんでですか？」

本当に、ナチュラルに、朱葉は問い返していた。

「先生は引いたりはしないと思いますよ。むしろ、この前売りだって絶対買ってるはずだし。特典はどうせ自力コンプだし。だから……別に、わたしから言ってもいいですし、言うなって言うんでしたら言わないです」

自分が言うことでもないとは思ったけど、でも、やっぱりここで、マリカと出会ったことは伝えるか伝えないかでいったら、伝える、と思うし。

ただ、なにをそんなにマリカが気にしているのかわからなくて聞いてしまうのだ。

隠《かく》す必要がありますか？　って。

「別に」

髪《かみ》の先を少し気にしながらマリカが言う。

「別に……」

少しだけ、唇《くちびる》の先をとがらせて言う。

「なんか、カズくん喜びそうなのが、癪《しゃく》なのよね……」

こういうことで喜ばせたくない、というマリカの気持ちを。

「あー……」

少しだけ、天を見て、朱葉も同意した。

「まあ、まあ……わからなくもないです」

朱葉はあまり思わないけれど。自分が好きなものを桐生《きりゅう》が好きなら（いや、元々そうやって出会ってもいるし）ただ盛り上がるけど。

けれど、マリカはもう、そういうのが、ない、風を装《よそお》っていて。

思わぬところでそういう気持ちを再燃させちゃったとしたら。

（ん？　わたしは言わない方がいいのか？）

これって、元サヤフラグ？

と、心の中だけで、ちょっとだけ朱葉は困惑《こんわく》する。だって、ここで二人が盛り上がって、意気投合してという可能性だってなくはないだろうけど。

桐生がオタク仲間には甘《あま》いってことを、朱葉は知っているし。

マリカが今、同じ沼《ぬま》に帰ってきたら、やっぱり喜ぶんだろうか。……マリカの自意識が、それを許さなくても。

どうなんだろうな、と考え込んでいたら、マリカは深く息をついて。

「まぁ、いいわ。どっちでも」

と振《ふ》り切《き》るように自分を落ち着かせ、それからふっと、朱葉の後ろにある映画の予告映像を見て言った。

「カズくん、どう？」

曖昧《あいまい》な質問だと朱葉は思った。気安いし、いや、その気安さはいいんだけど……どう答えていいか迷ってしまう。

「どうって、普通《ふつう》です。普通に忙《いそが》しい先生してますよ」

「付き合ってるの？」

返す刀にこれだ。朱葉はため息をつく。

「だから、そういうのじゃないです」

呆《あき》れながらそう返したら。

「そう、じゃあ」

にやりと笑って、ひらひらと前売り特典をかざしてマリカが言った。

「わたしがこの映画、カズくんと行ったって、いいわけだ？」

朱葉はイメージする。

誘《さそ》われた時の桐生について。多分、いいよと普通に答えて、普通に見に行って、普通に萌《も》えて帰るんだろう。

そこに恋愛《れんあい》感情があったって。なくたって。

だから。

「……いいですけど」

別に、桐生が誰《だれ》と、どんな映画を見に行くことも、制限するつもりは朱葉にはなかった。

けれど。他でもないマリカが、今、桐生を誘うというなら。

そしてそれを朱葉に試《ため》させるなら。

「でも、ちょっと、やだなって、わたし、先生に言います」

すごく嫌《いや》ってわけではないけど。

ちょっとだけ、嫌だ。

「そしたらどうするかは、先生次第《しだい》なんじゃないですか？」

宣戦布告にも等しい言葉だった。けれど、自分は受験生で、教え子で、二人の時間なんてそうそうとれないし、出かけるなんてもってのほかだ。

ちょっとだけ嫌だって言うくらい、権利はあるはずだ。

朱葉の言葉に、少しだけマリカは面食らった顔をしたけれど、ふふっと、笑《え》みをもらした。

そして。

「生意気」

強く赤く色づく唇を、笑みの形のままに小さくそう呟《つぶや》いて。

「そっかあ。文化祭か。いいこと聞いちゃった」

と伸びをしてきびすを返した。「えっ、ちょっと！」聞き捨てならないことを言いませんでしたか!?　と朱葉が呼び止めるけれど。

振り返るマリカは、投げキスをひとつ。

「がんばってね、高校生！」

そう言うから、朱葉は拳《こぶし》をかためて。

「……そちらこそ、社会人先輩《せんぱい》」

そう返すことが精一杯《せいいっぱい》だった。

まったくオタクは狭《せま》くて怖《こわ》い。そしてそれから……なんだか波乱の、文化祭となる予感がした。

推しは
何枚あっても
最高ね…

6 「祭の前」

ダンボールの箱を開ける時が、一番ドキドキする。

包装紙をとりのぞいたら、きちんと成立している本達《たち》が。

自分のつくったものだなんて嘘《うそ》みたいだ。

「できた――――！！！」

昨日届いたという荷物を開くのは朝まで待って、朱葉《あげは》と咲《さく》は大小はあれどそれぞれ胸を高鳴らせてダンボール箱を開いた。

そこから出てきた薄《うす》い本（部誌第一号。なお特殊紙《とくしゅし》に箔押《はくお》し、角丸加工が施《ほどこ》されている）は、咲のはじめてとしては十分な出来で、何度か本をつくってきた朱葉にも納得《なっとく》の出来となっていた。

「わー、わー、わ――!!」

一冊とりあげて咲が天井《てんじょう》に掲《かか》げている。

桐生《きりゅう》はといえばそっと山を取り分けて。

「では先生はこのまま指紋《しもん》のついてないやつを五冊ほど頂いていきます」

「多くない？」

「多くない」

真顔で持ってきたケースに入れていった。別にいいけども。予算をとってきてくれたのは桐生なわけだし。

「先輩《せんぱい》！　先輩！」

咲がなにやら泣きそうな声で朱葉を呼ぶ。

「なんか！！！！　めっちゃ！！！！　恥《は》ずかしいです！！！！！」

その切羽《せっぱ》詰《つ》まった真っ赤な顔に、思わず朱葉は吹《ふ》き出《だ》してしまった。

「そーんな恥ずかしい？」

「だめ！　むり!!　こんなの、誰《だれ》か、知らない人が見るとか、ううん、知ってる人が見るのはもっと恥ずかしくて死んじゃう！！！」

「死なないんだけどなー」

気持ちはわからなくもないけれど、と言う朱葉の隣《となり》で、

「違《ちが》うぞ静島《しずかしま》くん!!」

ビシッと指を突《つ》きつけて（人を指さしてはならない）桐生が言った。

「恥ずかしいのは！！！！！　君だけだ！！！！！　読者には一切《いっさい》！　関係がない！

書き手が恥ずかしかろうが！　俺達《おれたち》は！　恥ずかしいものをもっと見たい!!」

その通り、と頷《うなず》く朱葉。

「もっと言えば！　好きになった本を！　作者が恥ずかしがっているところはあまり見たくはない！　是非《ぜひ》とも作者には自信を持って！　これくらい言って欲《ほ》しい！　はい！　ここでぱぴりお先生!!」

いきなり水を向けられた。朱葉もノリで自分のページを開き、言う。

「わ〜これ描《か》いた人〜めっちゃ趣味《しゅみ》があう〜!!」

ノリで言ったので果たしてこれで合っていたのか？　と思わなくもなったけれど、「素《す》晴《ば》らしい」「素敵《すてき》です」「推《お》せる」「貢《みつ》ぎたいです」と二人が感涙《かんるい》の拍手《はくしゅ》をしているので間《ま》違《ちが》いではなかったんだろう。多分。

「まあ冗談《じょうだん》は置いておいて……無事に仕上がってよかったわ。印刷所の神様に感謝を捧《ささ》げておかないとね。あとは展示物も大体出来上がってるしポスターも貼《は》って……」

「そのお仕事はお昼休みとかに咲がやります！　センパイは、クラスもお忙《いそが》しいんでしょう？」

「ほんと？」

ありがたいけれど、いいのかな、と朱葉は思う。ポスター貼りとか、それなりに目立つ仕事だ。咲は多分、苦手な部類だろうとは思うのだけれど。

「いいんです。これくらい、やらせてください。咲、ずっとセンパイにおんぶに抱《だ》っこでしたし」

とん、と自分の胸を叩《たた》いてから、咲がちょっと小さな声でつけ加えた。

「……クラスの、お友達も、手伝ってくれるみたいなんです。漫研《まんけん》、興味があるって。展示も、見に来てくれるって言ってます」

「ああ……それは」

よかったね、と心の底から朱葉が言う。

えへへ、と咲は笑って。

「明日は、九堂《くどう》も来てくれるって言ってました。パパもママも来られないので、代わりにタイミングがあったら、挨拶《あいさつ》をさせてくださいね」

「もちろん」

そんな話をしていたら、今度は桐生から言われた。

「早乙女《さおとめ》くん、放課後は確か、衣装《いしょう》合わせだっただろう」

クラスの占《うらな》い中華《ちゅうか》喫茶《きっさ》の話だった。

「ああ、そうでしたね。わたしは店員のシフトには入ってないんで、その辺は任せてるんですよね」

「女子はまあ、いいとして……」

小さくため息をついて桐生が言う。

「男子の方がもめそうな気はするがね」

そうなんですか？　と朱葉が不思議そうに聞いた。

そして放課後。隣の教室も借りて、男子と女子に分かれて衣装合わせが行われた。女子は少し奮発してシックな色のチャイナ服を買って（流石《さすが》にオーダーメイドではなく既製品《きせいひん》だ）身体《からだ》に合わない人などが裁縫《さいほう》が得意な女子に簡単に直してもらう。

「結構可愛《かわい》くないい～」

「いいんじゃやない？」

「でもこれ髪型《かみがた》どうするー？　まとめられる子はまとめてくる？　まとめられない子はなんか髪飾《かみかざ》りつけた方がいっかなー」

「駅前の三百円ショップにいーのあったよ、買って帰ろ～」

女子達はかしましく、互《たが》いのチャイナ姿を褒《ほ》め合《あ》っている。チャイナ服と言ってもそう華美《かび》なものではないし、スリットもそう際《きわ》どくはない。けれどみんなで揃《そろ》いの一式を着るのは、不思議と気分が上がる。

「どうー？」

一度トイレに行って姿見《すがたみ》を見てきた夏美《なつみ》が教室に戻《もど》ってきて朱葉にVサインをする。適当にチャイナ服を着て明日のメニュー回りなど最終チェックをしていた朱葉だったが、

「お、かわいーじゃん」

と夏美に返す。夏美が笑って、それから小声で囁《ささや》いてきた。

「朱葉もかわいーよ。……ね、きりゅせんと回ったり、する？」

言われて眉《まゆ》を上げる。

「するわけないじゃん。お互い忙しさMAXだっての」

デコピンとともに朱葉はそう返す。

「ええ〜せっかくいるのに!?」

「そりゃいるでしょ。いなきゃ困るでしょうよ」

なんか先生もクラス宣伝に駆り出されるって言ってるし……と朱葉が答える中で、廊下《ろうか》から女子達の爆笑《ばくしょう》の声が聞こえた。

「なんだ……？」

ぞろぞろとみんなで出て見れば、隣の教室で着替《きが》えていたはずの男子達が「じゃ――ん」とかなんとか言いながら、ポーズをとっていた。

女子と揃いのチャイナ服で。

そう。有《あ》り体《てい》に言えば、いわゆるひとつの、女装、であった。

率先《そっせん》して前に出てきたのはお祭り男の都築《つづき》で。

「委員長〜!!　あ、きりゅせんも！」

廊下の後ろから現れた桐生は軽く女子達も見たが、男子達を見て深々とため息をつき、

「それ、やらなきゃだめか？」

と実にうんざりした様子で言った。

「いーじゃんこれくらいやんなきゃ盛り上がらないだろ～？」

なぜか都築はノリノリだ。桐生は真顔で冷たい声で。

「雑。汚《きたな》い。客商売がなってない。少なくとも客前に立つやつは小綺麗《こぎれい》にしてこい。ウィッグつければ済むって話じゃない。なんなら女子にメイク道具でも借りろ。似合わないやつはズボンをちゃんとはいて男っぽく仕上げるように」

「えー先生俺《おれ》はー？　どっちー？」

都築が桐生に尋《たず》ねれば、いよいよ桐生はため息をついた。

「お前はそれなりに見られる顔なんだからうまく仕上げろ。占いブースの男子要員はお前だけなんだろ。客層から考えても綺麗にしておけ」

女子に仕上げてもらえ、得意だろう、と言えば。「はーい」と楽しげな返事《へんじ》をする。いつもあれだけ素直《すなお》であれば進路指導もさぞかし楽だろう。

どたどたと男子がまた教室に引っ込んで行く。

いつの間にか桐生の隣を歩いていた朱葉が、小さい声で聞く。ほんの出来心で。

「でも先生、これ、もし攻《せ》めの女装だったら？」

「似合わない女装もいとおかし」

それな、と朱葉が頷いた。辺りは祭りを控《ひか》え、いっそ祭りよりも賑《にぎ》やかな放課後で。

二人の会話を聞く者は誰もいなかった。

なにはともあれ、祭りがはじまる。高校生活最後の、お祭《まつ》り騒《さわ》ぎだ。

7 「文化祭編」

慣れない仕草で朝から髪《かみ》をまとめて朱葉《あげは》は家を出た。

天気は秋晴れとはいかなかったけれど、それでも今日は雨も強くはならなそうだ。

教室に着いたらとりあえず更衣室《こういしつ》に割り振られた教室に。ハロウィンが近いこともあって、念入りな仮装をするクラスもあるらしい。

朱葉のクラスは、既製品《きせいひん》だけど揃《そろ》いのチャイナ服で、着替《きが》えて部室に向かったら「先輩《せんぱい》可愛《かわい》いです！」と咲《さく》に拍手《はくしゅ》された。

「どうもありがとね。咲ちゃん今日はよろしく」

「はい！　よろしくお願いいたします！」

「じゃあちょっとクラスの方を済ませてくるからね～」

いってらっしゃーい、と咲に見送られて、朱葉は教室に向かった。

「ようこそ、華占茶房《かせんさぼう》へ！」

教室は簡単な飾《かざ》り付《つ》けではあったが、ＢＧＭとお香《こう》で雰囲気《ふんいき》づくりに成功していた。

飾られたメニューやポスターも朱葉がデザインしたものだ。自分でも、働きすぎじゃない？　と思わなくともないけれど。

（少なくとも、悪い働きじゃない）

そんな風に自分で自分を褒《ほ》めた。同人誌もそうだけれど、そういうのは得意だ。

「おっはよ～委員長」

現れた都築《つづき》は同じチャイナ服に身を包んでいるのに一瞬《いっしゅん》ぎょっとするほどエキゾチックさを感じた。

ほどよく焼けた肌《はだ》にエキゾチックなメイクのせいなのだろうか。調子に乗ってフェイスベールまで与《あた》えたやつは誰《だれ》だ、と心の中で思う。

またひとりで人気を出しそうだった。

「これ、どうぞ～？」

小さなカードのようなものを裏返されて、選ぶように指示された。

「なに？　これ」

「ん、フォーチュンクッキーの、クッキーなし」

「??」

わからぬままに一枚とれば、シール用紙に印刷されていたのは、華占茶房という店の名前に、なぜかハートの8の印。

「これ、胸元《むなもと》に貼《は》ってよね！」

そう言って去って行ったので近くの女子に説明を聞けば、どうやら茶房の目玉商品らしい。「恋知《こい》るフォーチュンクッキー」と銘打《めいう》たれたメニューを頼《たの》むと、クッキーと一緒《いっしょ》にこのフォーチュンナンバーが出されるのだという。文字はトランプの種類だけあり、同じフォーチュンナンバーを胸元につけているのが運命の人……という趣向《しゅこう》なんだそうだ。

いい加減な運命である。けれど。

（運命はつくれる）

らしいしな、と朱葉も思った。ちなみにサクラとして、クラスの人間は先にナンバーを引かされて、胸元につけて校内を歩く。宣伝も兼《か》ねているのだから、よく出来ていると褒めるべきなのか、どうなのか。

教室内には喫茶《きっさ》スペースの他に仕切りがつくられ、占《うらな》いブースもつくられていた。なにはともあれ、占《うらな》い師《し》の都築が本日の主役だろう、と朱葉は思っていたけれど。

わっと廊下《ろうか》で、人の沸《わ》く気配がした。

「お前ら、準備出来てるかー！」

そのざわめきを背中にしょって、現れたのは担任である桐生和人《きりゅうかずと》。そのはず、だったのだけれど。

「せ、先生――――――――――――――――！！！？？」

教室中から歓声《かんせい》が上がった。桐生は、いつものクールな生物教師ではなく、かといってオフのオタクルックでもなく……ウィッグまで完全ばっちりの、派手なゴシックチャイナ服で現れたのだった。


お前生徒にやらせておいて自分は安全圏《けん》なんてそりゃないんじゃねえの？

と桐生に言ったのは、桐生の友人である秋尾《あきお》、その人だった。

なんとなくこうなることはわかっていたのだ。わかっていて秋尾に相談したのだけれど。

「まああっかな～」

当日朝から学校へ車で衣装《いしょう》とメイク道具一式を出前して、車内で桐生のセッティングをしてくれた秋尾が鼻歌まじりにそんなことを言った。

始まる前からちょっと疲《つか》れている桐生に、

「じゃあ俺《おれ》は、これからキングを迎《むか》えに行って出直してきま～す」

と秋尾が言うので、

「ホントに来るのか……」

桐生がため息まじりに言う。

「だってうちのキングが来たいって言うのでね」

朱葉ちゃんの最後の文化祭だろ。お前はどうでもいいけど、と秋尾。

桐生はため息をつき、

「お衣装は控《ひか》えめにお願いします」

とせめてものお願いを告げる。

「どうしようかねぇ」

お祭りだしね、とうきうきした様子の秋尾に。

「……うちの生徒、超絶《ちょうぜつ》手の早い男子がいるんだぞ。ちょっかい出されても困るだろ」

キングがさ、とそう釘《くぎ》を刺《さ》すと、秋尾はにやりと笑って。

「へぇ。そういう悪い芽は率先《そっせん》して摘《つ》んでおかなきゃな」

と大人げのない返事が。（それが困るんだよ）と桐生は心の中で罵倒《ばとう》したけれど、上から下までセッティングしてもらった手前、強くは言えない。

せっかくの文化祭だ。成功して欲《ほ》しいとは思っているのだ。……こんな格好をしてまで。

職員室に行くと、先生方からはちょっと呆《あき》れた目で見られたけれど、そこはまあ、祭りということで許して欲しいと桐生は思う。「若い先生は大変ねぇ」なんて、その程度の認《にん》識《しき》で終わってくれるなら御《おん》の字《じ》だ。

それから教室に行くまでも、行ってからも、生徒には大反響《だいはんきょう》だった。個人的には、今日一番気合いを入れていたであろう、都築の、鳩《はと》が豆鉄砲《まめでっぽう》を食らったような顔を見られたので、かなり気が済んだ。

それから大騒《おおさわ》ぎをしている生徒達《たち》に桐生が言う。

「誰か、ダンボールでいいから手持ちの看板つくって。持って歩けるやつ」

最後尾《さいこうび》ここです、みたいなやつ、と言いかけてやめた。

いけないいけない。それは違《ちが》う祭りである。

「あ、じゃあわたしが……」

すぐさま近くのダンボールを手に持ちはじめた朱葉を桐生が手を伸《の》ばして止める。

「早乙女《さおとめ》くんは、いいよ」

部活の方もあるでしょう、と。

任せておくと、どんどん仕事をやってしまう子なのだ。結局負担ばかりが増えてしまう。手が早くて優秀《ゆうしゅう》なのも考えものだ。

「ええとじゃあ……誰かに頼んで来ます。立て掛けておける方がいいですよね。ええと、先生の背丈《せたけ》がこうだから……」

ちょっと背を伸ばしてサイズ感を見る朱葉が、何やらしみじみと告げた。

「……先生、綺麗《きれい》ですね」

特に嬉《うれ》しい言葉ではなかったけれど、桐生はチャイナ服を着て珍《めずら》しく髪をまとめた朱葉と、その胸元のハートの8を、ちょっとだけ見て。

「まあ秋尾の手配だから。――君もね。似合うよ」

そう、朱葉にだけ聞こえるように小さく告げて。

「さあ、はじめるぞー！」

それから朱葉の顔は見ず、振《ふ》り返《かえ》って生徒達に言った。

祭りが、はじまる。


朱葉は結局開店の手伝いをして、軌道《きどう》に乗りはじめたところを見て部室の方にやってきた。

看板を掲げた桐生の女装コス（としか言いようがない。聞けばやっぱり秋尾の衣装だという）は破壊力抜群《はかいりょくばつぐん》で、面白《おもしろ》がった生徒が客として入りはじめていた。都築の占いやフォーチュンクッキーの仕様も、口コミで徐々《じょじょ》に広まっていくだろう。それに比べたら部室の展示は静かなもので、けれど咲の友人だという後輩《こうはい》が何人か来てくれていた。

「こんにちは。部誌もらってくれた？」

はい、と楽しげに返事をする。

静島《しずかしま》さんが言ってました、ポスターとかも、先輩《せんぱい》がみんな描《か》いてくれたって。すごいですね！　と手放しで褒められるのは、嬉しいけれどくすぐったい。

「漫研《まんけん》に興味があったら、兼部《けんぶ》も歓迎《かんげい》だよ」

強くはないけれど朱葉の勧誘《かんゆう》の台詞《せりふ》に、後輩達は顔を見合わせる。それから、おずおずと朱葉に聞いた。

絵が下手で。「関係ないよ」動画とかばかり好きで。「それはそれでいいじゃん！」

そんな話をしていたけれど。

「仲良い先輩が言ってたんですけど……顧問《こもん》の先生が格好いいって本当ですか？」

「えっ」

かっこう……かっこう……かっこう……。

朱葉がかたまっていると、いきなり展示会場である部室に派手な女が現れた。派手な、女、と思ったけれど、それは印象だけで、その実は……。

「早乙女くん！！！」

ずかずかと踏《ふ》み込《こ》んできたゴシックチャイナ桐生はがしっと朱葉の肩《かた》を摑《つか》んで言った。

「マリカが来てる」

あ、そういえば、言おう言おうと思ったのに、忙《いそが》しさにかまけて……と朱葉が考えているうちに。

「気をつけて」

それだけ言い残して、クラスの看板を肩にかけたまま桐生は出て行ってしまった。

隣《となり》にいた後輩達もぽかんとしている。ええっと、なんと説明したらいいかな……格好悪くはなかったと思うけど……と朱葉が言葉を探していると。

「へーここ？」

「ここみたいですねー」

よく通る声で部室に入ってきたのはマリカその人と、朱葉のご近所である、梨本縁《なしもとゆかり》だった。そうか、二人は大学の先輩後輩の関係だったたか、と朱葉が思い出す。この学校の文化祭の日程を聞くのも、縁に聞けば確実だろう。そして、聞けば一緒に行こうかという話になってもおかしくない。

縁の弟である梨本太一《たいち》は、バスケットボール部で模擬店《もぎてん》を出しているはずだったし。

「あ、朱葉〜!!　チャイナ服かわいーー！」

先に朱葉に気づいてそう言ったのは縁だった。マリカは朱葉に挨拶《あいさつ》も早々に、

「カズくんは？」

と切《き》り込《こ》んできた。今さっき出て行ったでかい女がそうですけど、と思ったけれど言わなかった。

「さぁ……教室の方かもしれませんけど……」

「教室？　朱葉、クラスでもなにかやってるの？」

「わたしはこの服装だけですけど、一応、中華茶房を……」

へえ、そうなんだ、と縁は言って。

「行ってみます？」

「ええ、行ってみましょ」

そう言った二人だったけれど、ふと、朱葉の前に置かれた部誌に目を留《と》めて、「あ、もらっていっていい？」と縁が騒《さわ》ぐ。

もちろん、だめとは言えない。さりげなくマリカも手にとっていった。今日も過不足なく、隙《すき》のないマリカの姿には、その手作りの部誌はちょっと不似合いだったけれど。

またね～と楽しそうに二人、廊下を歩いて行った。ほっと朱葉は胸をなでおろす。

まあ、桐生は、見つかるかもしれないけれど、自分のことは自分でしてもらおう。大人だし。

「ごめんね、騒々《そうぞう》しくて」

ぽかんと口を開けて眺《なが》めていた後輩達に言ったら、彼女達《かのじょたち》も顔を合わせて。

「わたし達も、先輩のクラス行ってみます！！！」

そう言って出て行った。

破壊力抜群だな……と、ちょっと呆れた様子で朱葉は笑った。

教室の方はずいぶん騒がしかったけれど、朱葉が午後から常駐《じょうちゅう》していた漫研の展示は、閑散《かんさん》とまではいかないけれどのんびりとしたものだった。

他の部活も入っているのだけれど、という下級生に兼部の相談に乗ったりしながら朱葉がスケブを描いていると（手が空いているとやってしまう。ただの癖《くせ》だ）、ぎょっと目を引くような客が現れた。

「キング!?」

と、一緒にいるのは秋尾だろう。大仰《おおぎょう》な着ぐるみを着ていて顔はわからないが。顔以外も全然わからないが。思わず呆然《ぼうぜん》と言う。

「な、なんですかその格好は」

「お祭り？」

小首を傾《かし》げてこちらはセーラー服姿のキングが言うと、朱葉の顔をじっと見つめる。

「な、なんですか……」

ちょっと嫌《いや》な予感がした。こういう時は、大体が。

「メイクが甘《あま》い」

ぱちん、とキングが指を鳴らす。（ほらやっぱり！！！！）と朱葉は思った。

「いいんです！　これコスプレじゃないですし！　そんな気合いはいりません！」

「ちょっとだけ、ちょっとだけ」

展示の奥《おく》に連《つ》れ込《こ》まれ、座《すわ》らされる。こうなるとキングは早い。

肌を塗り直し目元を整えグロスを引いて、髪もあっという間にまとめ直して花までつけられた。どこから出てきた花なのだろう。それこそ魔法使《まほうつか》いか。

「変じゃないですか!?」

変じゃない変じゃない、可愛い可愛いとまるめ込まれ、二人は満足したようで。

「じゃ、俺達《おれたち》はこれから少し撮《と》ってから帰るので」

最後に秋尾が言い残す。

「桐生の始末をよろしくね」

ばいば～い、と嵐《あらし》のように去って行った。

（先生の始末とは!?）

よくわからなかったけれど、楽しそうだったしよかった。あと、今の美少女すごいですねと下級生からめっちゃ聞かれた。うちの部はコスプレ部ではなかったはずだけれど、楽しいのなら、それもありかもしれない。

部誌はすべてはけることはなかったけれど、残ったのは二十部ほど。来年の新入生歓迎会にも使えるだろうし、なにより達成感は特別だった。

（そう、来年も）

続いていけばいいなと朱葉は思う。

九堂と校内をまわっていた咲も終わり際に顔を出して行った。いつもより深々と頭を下げる九堂と連れだって、早めに帰って行く。

今日は両親と食事をして、部誌も見せるのだと言っていた。

部室の片付けは後日にして、鍵《かぎ》だけをかけて教室に行く。

朱葉が教室に行くと、よほど盛況《せいきょう》だったのだろう。メニューにも売り切れが出ていたし、店番をしていたクラスメイト達はくたくたのようだった。

「委員長～～」

さすがに疲れたと見えて装《よそお》いにぼろの出始めている都築が、朱葉の肩に摑まってくる。そして背後から覗《のぞ》き込《こ》むようにして言った。

「めっちゃ可愛いね」

「メイクが？」

「わかってるでしょお？」

「はいはい都築委員長も今日はよくがんばりましたね」

「いやいや打ち上げが本番一番。それから今日ゲットした女の子の連絡《れんらく》が二番で仕上げ」

「サイテー」

　という会話を交《か》わしながら追《お》い払《はら》っていると、もうひとりの本日功労賞であるところの桐生がぐったりしながらドアのところに現れた。

　ぐったりしているが、こちらは服装にもメイクにも崩《くず》れがない。多分仕上げた人間の腕《うで》の差だ。

「早乙女くんちょっと」

　クラスメイト達はもう桐生の姿に慣れてしまったのか、自分達《じぶんたち》の仕事で忙しいようだ。呼ばれて行けば、少しおさえた声で。

「メイク落とし預かってるだろう?」

と尋《たず》ねられる。誰から、とは言わなかったけれど、確かに朱葉はキングと秋尾から、「これでメイクを落として」とひとセットを預かり受けていた。

「手伝って」

　まだ騒々しい教室や廊下を抜《ぬ》けるように二人歩いて行く。どこに行くのかと思えば、あまり人通りのない通路の先に懐《なつ》かしい部屋が。

「とりあえず入って」

　生物準備室、の文字を見ながら、桐生が部屋に入る。「失礼します」とちょっとだけ、緊張《きんちょう》した。

どうしようかな、と思ったけれど。

「鍵、閉めて」

と言われたので、後ろ手に鍵をおろす。雑多な生物準備室は、相変わらず薬品くさくて、それなのにどこか懐かしかった。

カーテンをも閉めると、桐生はまずウィッグをはずして、ちょいちょいと朱葉を指でまねいて背中を見せる。

どうやらホックを外せ、という意味らしかった。

「わけわからんのだこの服。着にくいし脱《ぬ》ぎにくい。これから閉会式に出るのに流石《さすが》にこの格好のままじゃまずい」

なるほど、と思いながら、朱葉が背面のホックとファスナーを外す。

「女子の方がわかるかと思って」

「わたしだって、そんなに詳《くわ》しくないですよ」

朱葉がちょっと呆れながら言えば。

「まあ、口実」

と呟《つぶや》いた、それに突っ込む間もなく、日焼けの少ない背中が現れてぎょっとした。

「下も脱ぐのなら、どうぞ！」

本棚《ほんだな》の後ろに隠《かく》れるようにして朱葉が言う。衣擦《きぬず》れの音がなんとなく落ち着かなくて、早口で朱葉が尋ねた。

「すごいですよねその服！　洗って返すんですか？　どうやって洗濯《せんたく》するんですか？」

「さあ……」

クリーニングかな、けど変な疑いをかけられそう、と疲れた口調で言う桐生に。

「うちで洗ってきましょうか。お母さんならなんとかしてくれると思うし」

朱葉が普通《ふつう》に、お人好《ひとよ》しな厚意で言った。文化祭で使った服だと言えば、親も怪《あや》しむことはあるまい。

「ああ、じゃあ、悪い」

助かる、とため息まじりの言葉。

「っと、じゃあ、あとは化粧《けしょう》か……」

ちらりと振り返ったら、白衣なしの普段《ふだん》の姿に戻《もど》っていたので朱葉はほっと息をつく。

まだ、顔はすごかったけれど。

「最初にこの拭《ふ》き取《と》りのメイク落としで落とすみたいですよ」

「ここにある水道じゃだめなのか？」

「だめですー、あ——そんな、ティッシュで拭くみたいにしちゃだめですって！」

「わからない」

どさ、と椅子《いす》に座り直すと、投げ出すみたいに言った。

「やって」

子供みたいな言い方だった。疲れてるのは、わかったけれど。

「もー……」

朱葉はなんだか居心地《いごこち》の悪いような、おさまりのつかないような、あとちょっと頭に血が上るような、なんとも言いがたい気持ちで、桐生の顔からメイクを拭き取っていく。

気持ちがいいのか、どこかまどろむみたいな顔をしながら薄《うす》く目を開けて桐生が言う。

「早乙女くん、可愛いね」

「はいはい、キングのメイクが?」

「ううん」

君が、と桐生が言うので。

その目にそのままメイク落としをぶちまけてやろうか、と朱葉は思ったけれど、額を強めに叩《たた》くだけで誤魔化《ごまか》した。

「はあ」

それから洗顔をして、言われるままに雑に化粧水をつけながら、桐生が思わずといったように言う。

「疲れた」

「……疲れましたねぇ」

朱葉も答える。

「おつかれさま」

「おつかれさまです」

二人、並べた椅子に座って、どちらからともなく頭を預け、つかの間の休憩《きゅうけい》を取る。

密室で、久々に、二人きりで、とお膳立《ぜんだ》ては整っていたけれど。

なんだかこうしているのが一番幸福だなと思った。

そして、朱葉はなにとはなしに尋ねる。

「楽しかったですか？」

桐生は、これから、何度でもある文化祭だけれど。

朱葉は、これが、最後の文化祭だ。

少なくとも、教師である桐生と過ごすのは。夏美《なつみ》の話とか、それこそマリカの話とか。

色々したいところでもあったけれど。

出た言葉は、そんなもので。

桐生もぼんやりと答える。

「どうだかねぇ……まあ、でも」

桐生が羽織《はお》ったジャケットの内側、ちょうど胸元のあたりを見せる。

なんだ？　と朱葉が思えば、そこには見覚えのあるシールが。

……朱葉の胸元にあるものと同じ、ハートの8の文字。

「校内回った甲斐《かい》はあったかな」

と桐生が言うので。「ちょっと！　誰かの盗《と》ったりしたんじゃないですか⁉」と朱葉が言う。

「さてねぇ。運命も交渉《こうしょう》次第《しだい》、ってね」

久しぶりに、狡《ずる》い大人の、狡い顔で、桐生が笑う。

そんなこんなで、騒々しいままに、文化祭は終わりに向かう。

用意から、当日まで、なんだかあまりにバタバタした文化祭だったけれど。

自分だって、楽しくなかったわけじゃないと、朱葉は思った。

第4章

君が生まれた日

1
「オタクの予定は半年先まで決まり続けるからな」

この秋一番の……というよりも、すでにもう冬だけれど。

一番の寒波が日本列島を覆《おお》った週明けの月曜日。

眠《ねむ》いまなこをこすりながら、億劫《おっくう》な気持ちでSNSを開いたら、風船が飛んでいて目が覚めた。

おめでとうございます、といくつも飛んでくるメッセージにいいねをつけながら、家を出る。

今年の冬はなんだか早いけれど。

十八年前は今日が紅葉の盛《さか》りだったらしい。

その葉の色を見て、両親は、朱葉《あげは》の名前を決めたらしい。

風は冷たくて、気持ちは晴れやかとは言えないけれど。

十一月二十日、早乙女《さおとめ》朱葉は十八歳《さい》になった。

「朱葉～！　お誕生日おめでと！」

これオススメのボディクリームね、それからこれは新発売のチョコレート！　そしてこれはあたしが複数買いしたDVDで～す！　と夏美《なつみ》が陽気に朱葉の誕生日を祝ってくれる。

「はいはいありがと」

ちょっと呆《あき》れながらも、朱葉は心から礼を言う。

誕生日を覚えていてくれたことが嬉《うれ》しいし、こうして可愛《かわい》いラッピングをして用意をしてくれたことがまた嬉しい。

「なあに？　委員長誕生日？　飴《あめ》ちゃんあげる～」

通りがかった都築《つづき》がそんなことを言って、自分の舐《な》めていた棒付き飴を差し出してくる。

「食べかけはノーセンキュー」

突《つ》き返《かえ》したら、「俺《おれ》の熱いキッスの方がよかった？」と言いながら、律儀《りちぎ》にまだ封《ふう》を切っていない棒付き飴を置いていった。

「大丈夫《だいじょうぶ》？　それ危ないクスリとか入ってない？」

そんなことを言う夏美は漫画《まんが》の読み過ぎだと朱葉は思う。

それから夏美はちょっと身を乗り出して、他のクラスメイトに聞こえないよう、小声で囁《ささや》いた。

「ね、なにもらうの？」

なにって？　と朱葉が聞き返せば。

「とぼけないでよー！」

とばしばし叩《たた》かれる。痛い。

「ふだせんだよ！」

ともう一度、耳元で。

「さぁ……」

と朱葉はちょっと身を引きながら答える。

「知らないよ………誕生日知ってるかどうかもわかんないし……」

「知らないと思う？」

真顔で夏美が尋《たず》ねる。

「推《お》しの誕生日」

「絶対知ってる」

すみませんでした、と朱葉が言う。

「去年は？　去年はなにもらったの？」

「いや、去年は……確か、会って間もなかったから……」

オフの方で。別に、桐生《きりゅう》からはなにも、祝われたりはしなかった。

ただ、いいねもおめでとうリプライも、してこなかったかといえば……確かめようがない。いや、絶対している、と確信まで出来てしまう。でも。

「なにも用意してないんじゃない？」

オタク活動中は、ともかくとして、今は先生と生徒なのでプレゼントをもらったらおかしい、と朱葉は思っている。

「ええ〜！　つまんない〜！　せっかくの十八歳の誕生日なんだよ！　法律的にも結婚《けっこん》出来るし〜！」

「結婚だけなら十六でも出来るでしょ」

「そうだっけ！　じゃああれだ!!」

びし、と夏美が指をつきつけ宣言する。

「祝！　R解禁!!」

「あ、それ改めて検討してみたんだけど、やっぱり高校生の間はNGじゃない？」

「え⁉　嘘《うそ》!!　あたしすみやかに解禁したよ！！！！」

「はいストップ。それ以上は言うな。……いや、今ね、解禁してもね」

勉強手につかなくなっちゃうでしょう？　と朱葉が言えば。

「だよね……夢中になっちゃうもんね……」

と夏美も神妙《しんみょう》に頷《うなず》いた。

もちろん推しジャンルの推しカップリングの話である。

「えーじゃあR系のものじゃないとしたら〜なにかな〜。あたしは次のスペシャルライブのチケットがいい!!」

「誰のプレゼントだ？」

始業のチャイムが鳴って、今日もかっちり擬態《ぎたい》を固めた桐生が教室に入ってくる。その涼《すず》しげな横顔を見ながら、朱葉は思う。

（まあ、卒業を、したら）

案外、普通《ふつう》に疎遠《そえん》になってしまったりもするんじゃないかなって、あれだけ話し合ってもそんなことを思ってしまうのは。

今だけ、の取引だからだ。

卒業までの間だけ。お互《たが》いに、別の、恋人とかつくらないで一緒《いっしょ》にいようって。

卒業、までの……。

少しだけセンチメンタルな気持ちになって、顔を背《そむ》けてしまう。

背けた顔を、桐生の視線が不自然でないように、なぜて。

「――それじゃあ、先日の模試の結果を渡《わた》すついでに、今日は個人面談をするから」

いきなり落ちた爆弾《ばくだん》に、教室中が落胆《らくたん》のため息をつく。聞いてないよとブーイング。

（個人、面談……）

もちろんその中で、夏美だけが、いやにわくわくと朱葉の方を見ていた。

昼休みになって、面談の番が回ってきた。夏美から謎《なぞ》の応援《おうえん》を受けながら、少し緊張《きんちょう》もしつつ、進路指導室に入って行く。

「失礼します……」

そういえば、文化祭からこっち、朝の活動もしていないし、模試や補習続きで全然ゆっくり話していなかったっけ……と思いながら入って行ったら。

「ああ、早乙女くん。誕生日おめでとう」

座《すわ》ったまま顔を上げた桐生が何の前振《まえふ》りもなくそう言った。

「あ、ありがとうございます」

ちょっとその発想はなかったな、と思いながら、机の向かいに座る。

「で、これが誕生日プレゼントになります」

「わぁ……」

開いた紙を覗《のぞ》き込《こ》み、朱葉が声を上げた。それからちょっとだけかたまって。

「わ、わぁ………」

「目を背けない」

「わぁ～～……」

「現実を！　直視する!!」

「え、これやばくないです？」

「やばいでーす」

ですよね、と朱葉が言ったのは、他でもない、誕生日プレゼントとして広げられた……先日の模試の結果だった。

「ご、合格圏内《けんない》から、出ちゃってる……」

これまでの模試では、点数の上下はありながらも、かろうじて志望校の合格ラインにのっていたはずなのに、今回はそのラインを下回ってしまっていた。

これはやばい。

誕生日なんて言ってる場合じゃない。

「え、え――――泣きそうなんですけど！　ちょっと！　どうしよう!?　ってか自己採点こんなに低くなかったはずなんですけど！！！！！！！」

「泣かない泣かない。俺も気になって見てみたんだけど、英語のリスニング、全然違《ちが》ってるんだけど、これマークシートずれかなんかじゃないか？」

言われて慌《あわ》てて詳細《しょうさい》を確認《かくにん》したら、確かに、自分が答えたと思っていた箇所《かしょ》が、ことごとく間違《まちが》っている。……単純な、ケアレスミスだった。

「そういえば……この時めっちゃお腹《なか》いたくて……全然集中出来なくて……」

「またか。だから生活習慣を改めなさいと何度言ったら……」

「痛み止め飲み忘れちゃったんです！　あーでもめっちゃショック――！！！」

進路指導室の机に突《つ》っ伏《ぷ》しながら朱葉が嘆《なげ》く。

その落ち込みように、桐生がため息をつきながら言う。

「ここで下手《へた》打っておいて、本番じゃなくてよかったって思うところだろう」

「でも本番でもやるかもって思っちゃうよ～！！！　怖《こわ》すぎる～！！！！！」

「びびってるとまたやるぞ～」

「先生面白《おもしろ》がってるんじゃないですか!?」

あまりのショックに、八つ当たりみたいに言ってしまった。

「どうせ先生、わたしが落ちればいいとか思ってるんじゃないの!?　浪人生《ろうにんせい》になれば、オタク活動する時間あるからって！！！」

「早乙女くん、君ね……」

呆れたように桐生が言う。

「んなはずないでしょう。そりゃ、受験の逃避《とうひ》から創作ははかどるかもしれんが、常に後ろめたさのつきまとう中、遊びに誘《さそ》ったり出来ないですよ、俺も」

その言葉に、朱葉はうなだれたままで。

「……………誘って、くれますか」

ぼそぼそと、小さな声で言う。

「大学生になっても。遊んでもらえますかね、わたし」

さすがにショックだった。自分の自己管理の甘《あま》さにも、この結果にも。それなのに、誕生日だといって浮《う》かれていた事実が、一番恥《は》ずかしかった。

八つ当たりだってしたかったわけじゃない。まっとうに頑張《がんば》って、まっとうに楽しみたい。いつだって。

でも、なんだか心がぐちゃぐちゃになってしまって、思わずそんなことを聞いてしまった。

桐生はその言葉に、いよいよ呆れた風にため息をついて。

「早乙女くんが誘われてくれればね」

そんな、人任せにするみたいな冷たいことを言うので、いよいよ朱葉がどうにもさみしくなって顔を上げられなくなった、その時だった。

「はい」

ぱすん、と頭を軽く、なにかで叩かれる。

思わず顔を上げたら、包装紙だけのシンプルな包みがあった。

「どうぞ」

「……なんですか、これ」

「プレゼント。誕生日の」

開けて。と真顔で言うので、朱葉はおずおずと包装紙を開いていく。

薄《うす》い本にしては、ちょっと小さいし。

革《かわ》のような、キャメルの色合いの材質が見える。財布《さいふ》だろうかと思ったけれど、購入《こうにゅう》してから一度封を開いてあるそれの中身を開けて、朱葉がぽつりと言った。

「スケジュール帳……」

「うん。来年の。……春からのもあったけど、とりあえず年明けからのやつ」

しっとりとした表紙が手になじんだ、白紙のスケジュール帳だった。サイズは財布くらいで長細い。

どうやら中のリフィルを入れ換えられるようで、最後のページには差し込み式のポケットがつけられていた。

そして、その中に。

「これは……？」

白や、緑や、青やピンクの、いくつものチケット。前売り券。参加券。いずれも日付は、来年のもの、受験が終わったあとのものだけれど。

「早乙女くんさえ、よければ」

頬杖《ほおづえ》をついたままで桐生が言う。

「全部、俺が一緒に連れて行きたい現場」

受験が終わって。卒業をして。大学生になったら。

「で、でも、こんなに行けるかわかりませんよ。予定が入るかもしれないし……」

イベントとかもあるかもしれない。

「もちろん日付の変更《へんこう》もリスケも受け付ける。そうじゃなかったら誘えないし」

しみじみと桐生が言う。

「オタクの予定は半年先まで決まり続けるからな」

「それな……」

朱葉はそれほどたくさん現場に行くわけではないが、現場を見ているオタ友達を見ているとわかる。

狐《きつね》につままれたような気持ちでチケットを見ていた朱葉だったけれど、その一枚を見てハッとする。

「せ、先生、でもこれ、地方のも、ありますよ……？」

うん、と桐生がなんでもないことのように頷いて言う。

「行こうね。遠征《えんせい》も」

エスコートするよ、どこだって。

そう改めて言われて、朱葉がなんと答えていいかわからなくなり、ただ、耳と首元が赤く染まるのがわかった。

桐生は改めて真面目な口調になると、淡々《たんたん》と言う。

「ちなみに合格しなかったらナシだから。全部返してもらうから、そのつもりで」

「ううう……」

「合格まではその予定を書き込むこと」

そしてふっと笑うと言った。

「ちゃんと合格して、卒業したら解禁な」

十八歳、おめでとう。と囁く。

朱葉はなんだか急に照れてしまって、模試の結果でプレゼントを隠《かく》すように片付けて、部屋を出て行こうとして。

「……先生、いっこだけ聞いていいですか？」

新しいスケジュール帳。

その、一番最初の予定として。

桐生の誕生日を、書き込むことにした。

ドヤァ--
オタクは忙しい
それまで生きねばならんのだ!!

2 「最後のデート」

色づいた木々がすっかり寒々しくなる頃《ころ》、朱葉《あげは》もすっかり受験生としての生活が板についてきた。一度は崩《くず》した模試の調子も次からはとり戻し、けれどその生活の中で滅多《めった》に引かない風邪《かぜ》を引いてしまったのは失態だった。

（オタクやってた時はほとんどイベントも休んだことないのにね……）

授業はすっかり受験対策の補習が主で、一日や二日の遅《おく》れはどうってことがない。幸いインフルエンザでもなかったから、週明けの一日を休んだだけで朱葉は学校に出てきた。

ポケットにのど飴《あめ》を入れて、今日からまた頑張《がんば》ろうって。

その気持ちをすっかり滅入《めい》らせてくれたのは、朱葉よりもずいぶん遅《おそ》くに教室に登校した夏美《なつみ》だった。

「朱葉――――！！！！　あげはあげはあげは、元気!?」

「うーん……いまいち……いや、昨日も体調悪いから休むかもって連絡《れんらく》したよね？」

「そういうことじゃなくて――!!」

「？？？？」

朱葉を教室の後ろの方に引っ張り、隅《すみ》っこで内緒話《ないしょばなし》するていで夏美が言った。

「も────!!　連絡しようかどうしようかめっちゃ迷ったんだけど!!　朱葉、本当に寝込《ねこ》んでたら可哀想《かわいそう》だと思って！」

「いや、本当もなにも、寝込んでたけど……？」

可哀想とは？　と首を傾《かし》げる朱葉に、ぐいっと顔を近づけて夏美は言った。

「なんにも知らないの!?」

「なんにもって……なに……？」

「見ちゃったの────!!　あたし、昨日の夜、街で見ちゃったの！！！」

アニメショップの帰り道に。

「きりゅせんが！　女の人とご飯食べてるとこ！！！」

んん？　と朱葉は思う。

マスクの下で、ちょっと変な顔になったけれど、自分でも、どういう顔をするのが正しいのかわからなかった。

「えーと」

「しかも、しかもしかもしかもね!!」

相手、あたしの会ったことある人だったの！！！

あー、と朱葉は思う。

なんとなく、話が見えてきたぞっと。

「……あのー、前、前売り特典の、取引を、した……」

「やっぱり朱葉、知ってるの!?」

あの人、きりゅせんとどんな関係!?　と夏美が詰《つ》め寄《よ》る。

(どんな、関係ねぇ……)

そりゃ、ばっちり、元恋人《こいびと》関係なんじゃないですかね、と思う。今まで夏美に説明してこなかったのは、それは桐生《きりゅう》のプライベートのことだからだ。

「まあ、知り合い、なんじゃない……?」

「うっそだ!!　知り合いが、この時期に、クリスマス前に！　めっちゃデートっぽい店でご飯食べる!?　しかも絶対絶対、お酒も飲んでたよ！！！　女の人、めちゃくちゃ気合い入ってたし!!」

まあ、やりかねないだろうな、と朱葉は思った。

相手はあの……マリカだ。

しかも受験に追われて忘れかけていたけれど、今はそういえばクリスマスの前か。

なんとなく……彼女《かのじょ》が勝負をかけるなら、今しかないような気もした。

マスクの中で、深い深いため息をつく。そして始業のチャイムが鳴り終わる前に。

「わたし、やっぱ、保健室、行ってくるわ」

まだなにか言いたげな夏美にゴメン、のジェスチャーをして。

「今、ちょっと先生の顔見たくないんだよね」と教室をあとにした。

肌寒《はだざむ》い廊下《ろうか》を歩きながら。

（あー、珍《めずら》しいな……）

わたし、多分、めっちゃ怒《おこ》ってるなぁと朱葉は冷静に分析《ぶんせき》をした。

体調のせいもあったのだと思う。それから色んな不安もあったのだろう。保健室に乗り込んだ朱葉は、病《や》み上《あ》がりに受験生という立場をフルに使い、しばらく保健室で休ませてもらうことにした。受験生の大切な時期ということもあり、養護教員はとても親身になってくれたし、しんどいなら家に帰ってもいいとも言ってくれた。

帰ってやるのもありだなあと思ったけれど、とりあえず保健室のベッドに寝転《ねころ》がりながら、スマホゲームでもやることにした。むしゃくしゃしていたから。

（だいたい、先生は脇《わき》が甘《あま》すぎなんじゃない⁉）

取引もしたし、約束もした。

モトカノに会うなとは言わないけれど、二人でお酒を飲むことがどういうことなのか、本当にわかってるのか。

怒《いか》りのタップを続けていたら、保健室のドアが開く音がした。

「せんせーえ、寝《ね》かせてぇ」

そんな聞き慣れた声がして、手が止まる。「寝ている子がいるから静かにして」という養護教員の声に、

「えー？　あれ、この靴《くつ》って……」

ためらいもなく、カーテンをめくって覗《のぞ》く顔。

「やっぱり、委員長じゃーん」

現れたのは朱葉と同じクラス委員である都築《つづき》だった。

「サボり？」

にこにこと聞いてくる都築にマスクを下げながら、「……風邪」と小声で答える。

「そういや昨日も休んでたじゃん。だいじょーぶ？」

そのままずかずかと入ってこようとするけれど、養護教員に閉め出された。「待って待って！　わかったから追い出さないで！　寝かせてー！」と泣きつく声がして、静かになったと思ったら。

∨ねーえ、委員長〜。

そんなＬＩＮＥがぽんと隣《となり》から入った。

返事をしたのは気まぐれだ。

∨なに？

二枚のカーテンの向こうから、言葉が文字でとんでくる。

＞からだ大丈夫《だいじょうぶ》？

＞うん。都築くんはサボり？

＞俺《おれ》は遅刻《ちこく》〜。次の時間くらいから出ようかと思ってたんだけど〜

なんとなく笑っている気配が、カーテンとスマホ越《ご》しにうかがえた。

＞せっかくだから、朱葉ちゃん、このままサボらない？

＞は？

＞だからさ〜。

デート、いこ。

都築の、いつものノリだと思った。本当に呆《あき》れてしまうくらいいつものことだ。初めて会った時から都築はずっとこうだったし、受け入れたことはなかった。

多分本気ではないのだろう。朱葉はそれを毎回丁寧《ていねい》に断ってきたつもりだ。

＞デートは行かない。

でも、この日は。

なんだかとても腹が立っていたので。

魔《ま》が差した、のかもしれない。

＞でも、サボり、なら、付き合ってもいいよ

「やった――――!」

と隣から声がして、「うるさいよ!!」と養護教員の叱咤《しった》がとんだ。

3 「俺じゃだめ？」

どこに行くの？　と朱葉《あげは》が聞いたら。

とりあえずパンダ！　と都築《つづき》は答えた。

怪《あや》しまれないようにそれぞれ学校を出て駅で待ち合わせ、ペットボトルのお茶を飲みながら、パンダが生まれたばかりだという動物園には行ってみたけれど、当然パンダはまだ見ることは出来なかった。

見られなかったパンダのかわりではないけれど、街はパンダグッズであふれかえっていて、テーマパークみたいだった。街を見るだけでも楽しかった。

インスタにでも上げるのだろうか、都築はパシャパシャと写真を撮りまくっている。

都築と違《ちが》って、朱葉は学校をサボるようなことははじめてだった。一応、養護教員を通じて、「病院に寄って帰る」ということにしてある。罪悪感は、なくはない。でも、少しだけ、優等生でいることに飽《あ》き飽《あ》きしていたのかもしれない。

それからゲームセンターに二人で行って、朱葉は結構自慢《じまん》のＵＦＯキャッチャーテクを披露《ひろう》した。

それから二人でいやに古ぼけたカラオケルームに入った。煙草《たばこ》のにおいがしみついていて、薄暗《うすぐら》い。フリータイムもなくて時間制だった。

「穴場なんだよ」

と都築は言った。

「値段が？」

「んーん。補導とかの見回りがねーの」

呆《あき》れた、と朱葉はため息をついた。

相変わらず都築は歌がうまかった。朱葉もちょっとだけ調子に乗ってアイドル曲を歌ったら、都築にはうけたけれど喉《のど》を痛めてしまった。慌《あわ》てて都築がホットのゆず茶を頼《たの》んでくれた。

そういうところも普通《ふつう》の、高校生の、デートみたいだった。

お茶を飲みながら休憩《きゅうけい》ついでに朱葉が言う。

「いつもこんな風にサボってるの？」

「んー。最近そうでもないよ。知ってるっしょ」

遅刻《ちこく》や一時の不在はよくあるが、確かに都築はサボりが多いわけではない。

「俺、三年になってから、わりと真面目に行ってるもん」

「二年の時はそうじゃなかったんだ？」

「うふ。若気の至り」

と、なめた返事。

「委員長こそ」

あっけらかんと都築が聞く。

「俺の誘《さそ》いに乗ってくれるなんて珍《めずら》しい。ねぇ、元気でた？」

都築のその言葉に、朱葉は飲み干してもまだ温かなコップで指先を温めながら、マスクを付け直して言う。

「…………別に、元気なくしてた、わけじゃないけど」

「うん」

真面目に都築は頷《うなず》いた。

ここまで、都築はただ、朱葉を楽しませてくれた。気を遣《つか》ってもらっていたんだろうと、朱葉にもわかった。

だから、指先の温まるままに、ぽつりぽつりと言った。

「身体《からだ》も調子が悪いし」

「うん」

「受験も不安だし」

「うん」

「…………男の人って、よくわからないし」

「おお」

ばきゅん、とするみたいに、指先を朱葉の鼻に押しつけて、器用に片目をつむって都築が言った。

「俺と、オトコの話してくれる気になったんだ」

嬉《うれ》しいね、と笑った。

「嬉しい？」

「うん。俺ずっと、朱葉ちゃんとそういう話、したかったもん」

そういえば都築は、ずっとそんな風だった。

朱葉だけに対してでもないだろうけれど、いつも恋《こい》の話をしたがった。かといって、朱葉に思いを寄せるという風でもなく、相変わらず浮名《うきな》を流しては女の子関係でたくさんもめ事を起こしているようだった。

「でも、ちょっと残念かな」

「なにが？」

ふふ、と笑いながら都築が言う。

「朱葉ちゃんの方からそういう話、俺にしてくれるってことはさ、もう俺にほだされちゃくれないんだろうなって」

「どういうこと？」

うーん、つまりね、と隣《となり》から朱葉を覗《のぞ》き込《こ》むようにして言う。

「俺にそういう話をするってことは、俺が安全圏《けん》に入ったってこと」

安全圏、という言葉を都築は使った。

朱葉にはよく、わからなかった。どこも安全のような気がしたし、かと思えばどこも安全ではないような気もした。

なにもわからない。

普通の恋愛《れんあい》なんかじゃなかったから。

「ま、安全圏だって打破しちゃうの、得意なんだけどね」

そして都築は自分の膝《ひざ》に頬杖《ほおづえ》をついて再度言った。

「朱葉ちゃん、今日、楽しかった？」

「楽しかったよ」

素直《すなお》に朱葉は言った。これまで少し落《お》ち込《こ》んでいたし、なんなら少し自棄《やけ》になっていた。

けれど気分がだいぶ晴れた。

都築がこれまでと同じ、軽い調子で言った。

「俺じゃだめ？」

「うん」

朱葉も、自然な調子で頷いた。「だめかー」と都築は言った。笑ってはいなかったけれど、悲しんでいる様子でもなかった。

朱葉はゆっくりと、伝わるように言った。

「わたしじゃなくてもいいんでしょう、都築くん」

「うん」

朱葉みたいに素直に都築は頷いた。お互《たが》い素直でいられることは楽なことだと思った。隠《かく》さなくていい。周りにも。自分にも。

――でも、あなたじゃないし。

都築だって、朱葉じゃない。それを誤魔化《ごまか》したってしかたない。

「なんか、ずっとうらやましいんだよね」

ため息をつきながら都築が言う。

「朱葉ちゃんは、好きになったことも、好きになった相手も、大事にしてる感じがする。俺もそういう風に、好きな子に大事にされてみたい」

そこでようやく朱葉は、都築がずっと、朱葉を執拗《しつよう》に追いかけてきた理由を知れた気がした。

そんなことないと思った。別に、全然大事になんて出来ていない。すぐ怒《おこ》るし、憤《いきどお》るし、諦《あきら》める。でも。

大事に出来てるかわからないけれど、大事にはされている、と思った。

そして。

「出来るよ。都築くんにも、出来るよ」

都築がそういうことを出来ない人だとも思わなかった。

「いつか、そういう人に会えたらいいね」

大事にする、だけじゃなくて。大事にしてもらえるように。でもそれは同じことのような気も朱葉はするのだ。

「うん」

ありがと、と都築は言った。そしてそれから、隣にあった朱葉の手を握《にぎ》って言った。

「大事にするのが得意な朱葉ちゃんに、俺からもアドバイス。大事にするだけじゃなくて、たまには欲望丸出しにしないとダメだよ。だからそんなに不安なんじゃない？」

そう言われて、朱葉は苦笑《くしょう》する。

「欲望って、どんな？」

油断をしていなかったといえば、嘘《うそ》になる。手を握られても振《ふ》り払《はら》おうとしなかったのは、なんとも思っていなかったからだ。でも、そんなのは多分理由にはならなかった、と、あとになってみれば思う。

都築はちょっと笑った。少しだけ悪い笑顔《えがお》だった。

「たとえば、こんな」

そうして顔が近づいてきた。

（え？）

振り払おうと思った。でも、手が動かなくて。握られていたから。

（ええ？）

のけぞったらソファに倒《たお》れた。

倒されるような格好になって、よけいにまずい、と思った。混乱して、ぎゅっと強く目を閉じたその時だった。

「ちぇ」

鼻先で小さな呟《つぶや》きが聞こえる。

「思ったより早かったな」

騒《さわ》がしい音楽の中でもわかるような大きな足音の次に、ドアの開く音がして。

「早乙女《さおとめ》くん！！！！！」

コートも着ずに、駆《か》け込《こ》んできたのは担任の桐生《きりゅう》その人で。

「おー先生～あのメールでよくわかったね？」

すでに飛《と》び退《の》いていた都築が、ひらひらと手を振《ふ》る。

「都築、お前……っ!!」

「朱葉ちゃんちょっと調子悪いから休んでるよ。先生にパスすんね～」

「お前、なにを」

とん、と都築の指が、桐生の胸をつく。

「なんもしてねーけど、先生がなんもする気ないなら俺がするよ」

じゃあね朱葉ちゃん、お大事に、と都築が笑う。

俺のサボりに付き合わせてごめんね。そう言いながらドアの向こうに出て行ったけれど、もう一度ドアを開け直して。

「ちなみに、ここ、補導もこないし、カメラもついてねーから」

どうぞ、ごゆっくり。

そんな言葉を最後に扉《とびら》が閉まると、ドアの向こうで響《ひび》くクリスマスソングが遠ざかっていった。

4 「教師として、ファンとして、男として」

大丈夫《だいじょうぶ》かと問われて大丈夫と答えた。でも、本当は大丈夫じゃなかった。全然。

ただ、まだ現実みがなくて、「先生、なんで、ここに?」起き上がって座《すわ》り直《なお》しながら聞いたら、

「これ」

スマホのメール画面を見せられた。

確かに、文化祭のやりとりなどで、朱葉《あげは》も桐生《きりゅう》の個人アドレスは知っている。……連絡《れんらく》したことはないけれど。

差出人は都築水生《つづきみお》とあった。

本文には写真が添付《てんぷ》されていた。このカラオケボックスの看板。

文章は一言だけ。

＞＞デート中?

「早乙女《さおとめ》くんは体調不良で帰ったと聞いてたけど、なんか嫌《いや》な予感がして……。改めて家

に連絡したら、まだ帰宅してないって言うから」

少し距離《きより》を空けて、ソファにどさっと座った。

嫌な予感。それは生徒だからだろうか。サボりが許せないから？

そういうんじゃない、とわかっているはずなのに、聞いてしまいそうな自分がいた。ひねくれていた。

桐生は朱葉の方は見なかった。その横顔だけを朱葉は眺《なが》めていた。

外はすごく寒いのに、コートも着ずに薄着《うすぎ》で、それなのにこめかみに汗《あせ》が滲《にじ》んでいた。緊張《きんちょう》した面持《おもも》ちのままでぽつりと桐生が聞いてきた。

「なに、してたの。……デート？」

「だったら、どうしますか」

朱葉は自分の声が、くぐもっているのを感じた。マスクの中で。

桐生はすごく、すごく苦いものを嚙《か》んだような顔になって。

「……俺《おれ》に、止める、権利はないし」

そんなことを言うから。

「先生になかったら、誰《だれ》にあんの!?」

思わず言っていた。投げるものがあったら投げていたと思う。近くに転がったコップを投げなかっただけ理性があった。

鼻の奥《おく》が急に痛んだ。目の前がぼやけた。

なのに、癇癪《かんしゃく》を起こしたみたいに言葉は止まらなかった。

「どうでもいいの!?　付き合ってなきゃ、なにしてもいいんだ!?　先生が、マリカさんと会うみたいに、わたしだってデートでもなんでもすればいいって!?」

自分だけがこんなにも苦しいのかと、朱葉は思った。そんなはずもないのに。わかっているのに、言ってしまった。言ってるそばから後悔《こうかい》が襲《おそ》ってきた。

(違《ちが》う、こんな)

こんなことを言いたいんじゃない、
いい子でいたい。

本当は。

好きな人を……大事にしたい。

「よくないよ」

桐生の答えは短かった。理性的だった。ただ、涙《なみだ》を浮《う》かべて震《ふる》える、朱葉の肩《かた》をぐっと摑《つか》んで引き寄せた。

その広い胸に、あまりに強く引き寄せられたから、顔は、見えなかったけれど。

「なにもよくない」

言葉は低く、強かった。

薄暗《うすぐら》いカラオケボックスの個室で。

かいだことのない、煙草《たばこ》のにおいがしていた。

桐生は朱葉を抱《だ》きしめたまま、その耳元に言う。

「教師として、君の未来を心配する」

カラオケ機体の、うるさいMVに負けないように。

「ファンとして、君に一番幸せでいて欲しいし」

低い……どこか、甘《あま》い声で。

「男として、君を誰にもやりたくはない」

腕《うで》の中で、ぎゅっと目をつむった。

（ああ）

ずっとこう言って欲《ほ》しかったような気が、朱葉はした。

こんな風に抱きしめられたのははじめてだった。そうか、と思った。

（そうか、こんな）

こんなに気持ちがいいなら、都築くん達《たち》が夢中になるのもよくわかる。

身体《からだ》と、身体。フィクションではいくらでも見たし、女の子相手ならいくらでも体感してきたはずなのに。

好きな人とだと、こんなにも違うのだ。

桐生もそう感じただろうか。ゆっくりと、離《はな》れがたい身体を離して、気まずく目を細めながら桐生が言う。

「マリカと食事に行ったこと。本当に、天に誓《ちか》ってなにもなかったけど。早乙女くんを不安にさせたなら、それはもうなにもないとは言えない。……どうやって謝《あやま》ったらいい？」

朱葉はまだ、耳の先まで、指先まで熱を感じながら答えた。

「いいです」

もういいです。もう十分。

欲しいものは、もらったからと。

けれど桐生は、引き下がらなかった。

「ちゃんと謝らせて。そうじゃないと……こんなのはやめてくれって、言いづらい」

こんな？　と朱葉がぼんやり尋《たず》ね返《かえ》せば。桐生は朱葉の肩を摑んだままで。

「――俺がこんなに我慢《がまん》してるのに、気安く誰かに触《さわ》られるのは頭にくる」

そう吐《は》き捨《す》てるように言うから。

「じゃあ、先生」

朱葉はまだ、ぼうっとした頭で、乾《かわ》ききらない涙の浮かんだ目で言った。

「……先生のしたいこと、して欲しい」

その言葉に、桐生は朱葉がわかるくらい、目に見えてかたまった。

ずいぶんな、沈黙《ちんもく》のあと。

「──そういうのは、しちゃいけないから、しない」

意気地《いくじ》なし。

って思ったけれど。

なんだか急に朱葉も恥《は》ずかしくなって、いそいで距離をとって伸びをした。

身体を伸ばしたかったわけじゃなくて、気恥《きは》ずかしさを誤魔化《ごまか》せたらなんでもよかった。

「あーあ」

わざと明るい声で言う。

「こんな時期に遊んじゃった。楽しかったけど、ちゃんと勉強もしますね。デートじゃないけど、デート気分、悪くな……」

かったですよ、なんて。

ふざけまじりに言ったら、いつもの調子が戻《もど》ってくると思ったのに。

「朱葉くん」

ぐっと、強い腕で肩を再度引かれた。

あ、と思った、次の瞬間《しゅんかん》にはもう遅《おそ》かった。

音が、止まった、と思った。そんなわけないのに。全部の音が聞こえなくなった。

「っ」

マスク越しに熱を感じた。鼻の頭がすれて、額がぶつかった。

（あつ、い）

都築の時は、あんなにも反射で、全力で、拒否《きょひ》したのに。その熱を感じたら、身体から、力が抜《ぬ》けてしまう。

どれだけそうしていたのかはわからない。ほんの数秒のことであったかのようにも感じられたし、かと思えば、永遠に、終わらないかもしれないと思った。

終わらなくてもいいって、少しだけ。

「——熱いな」

離れた唇から吐息《といき》を間際《まぎわ》に感じるのさえ肌《はだ》が粟立《あわだ》ちそうだった。胸の音が聞こえないように朱葉は自分の胸元《むなもと》を掴んだ。

どんな顔をして顔を上げたらいいのかわからない、と朱葉は思っていたけれど、桐生はどこか焦《あせ》ったように、その大きな手で朱葉の前髪《まえがみ》を上げて額を包んだ。

そうして見上げる桐生はもう、「先生」の顔で。

「早乙女くん……君、熱があるよ」

誰のせいだよ、と朱葉は、まだぼんやりした頭の片隅《かたすみ》でなじるように思った。

結局そのまま天罰《てんばつ》が下ったのか、風邪《かぜ》をぶり返し、終業式にも出られず遅《おく》れた受験勉強のリカバリーでクリスマスも台無しだったのだけれど。

多分、一生忘れないクリスマスになったと、朱葉は思った。


それから年が明けて。

今年も例年のごとく年越《としこ》しはオタク友達とのボードゲーム大会で、色々根掘《ねほり》葉掘《はほり》と聞かれながら、教師の苦労というやつもいたわられた。

桐生は年明けすぐの誕生日なので、これといった誕生日の思い出がない。クリスマスとお年玉のあとでプレゼントもちょっとおざなりだったし。

だから、元日よりも数日遅れて届いた、朱葉の年賀状を少し寒くなった一人暮らしの部屋で眺めた。

『……誕生日、なにがいいでしょう』

そんなことを聞かれたのは、寝込《ねこ》んだ朱葉に職権で見舞《みま》いの電話を掛《か》けた時だった。

じゃあ、年賀状をと言ったのは桐生だった。

『コンビニで売ってるような、既製品《きせいひん》でいいので。そこに、受験勉強の現状報告もちゃんと書くように。俺も今年は合格祈願《きがん》で全員に送りますので』

言ったとおり、既製品の可愛《かわい》い干支《えと》の年賀状に、手書きのペン書きで、桐生も好きなキャラクターが「調子に乗んなヨ！」と喋《しゃべ》っていた。

「はは」

その微笑《ほほえ》ましい台詞《せりふ》に笑ってしまう。思わず呟《つぶや》く。

「乗ってましたね。本当にね」

思えば去年もこうして自分への誕生日を演出してしまっていた。朱葉にも黙《だま》って。

じりじりと、距離をつめては離れ、たまに、してはいけないことをして。

多くのものを与《あた》えて、多くの時間をもらって。多分、心も。そのうえで。

だめなら、だめでも、仕方がない。

桐生にとっては神様だから。好きは当たり前のことだけれど、もちろんそれが過ぎたことだともわかっていたので。

調子に乗んなヨ、というのも、頷ける。

そのキャラクターのすぐ横に。

『新年おみくじガチャ』

と手書きの文字と、なつかしいような、コインで削《けず》る銀隠《かく》しのシールが貼《は》ってあった。

（……？）

近くにあったダブルクリップの角で、銀シールを削ると。

大、と朱葉の手書きの文字が見えた。

「大吉《だいきち》かな」
そう思いながら続きを削って、桐生は机に突《つ》っ伏《ぷ》す。
『早乙女くんの気持ちを』
聞いてみたい、と言った。朱葉からの、新年のおみくじガチャは。
銀シールの下、小さな文字で。
【大好き】
たった、一言。
「……………乗るでしょ、これは」
調子にも。
乗らない方がおかしいというもので。
どうにか、絶対、どうしても。
大学に受かってもらう必要があると、桐生は思いをあらたにした。

第5章

大学入試×逃走中

1 「センター試験」

ひときわ寒い朝だった。

忘れ物がないか何度も確認《かくにん》をして、新しいマスクをひっかけて家を出る。頑張《がんば》ってね、と普段《ふだん》はあまりそんなことを言わない母親も、声をかけてくれた。

家を出る。天気がよくてよかった、と思った。

「おはよ」

駅に向かって歩いていたら、後ろから駆《か》け足《あし》で幼なじみである太一《たいち》が追《お》い抜《ぬ》いていったので、気まぐれに声をかけたら、

「おー」

と言いながら、太一は少しだけペースを緩《ゆる》めた。会話が出来る程度に。

「寒いねー。急いでるの？」

「いや、寒いから。ランニングしてくかなって」

こんな日でもか、と呆《あき》れるやら感心するやら。

「……早乙女《さおとめ》も」

低い声でぼそぼそと、太一が朱葉《あげは》に聞く。

「身体《からだ》は？　風邪《かぜ》ひいてたとかって」

誰《だれ》に聞いたのかなぁと思いながら、「治ったよ。マスクは予防」と返事をする。

「そう」

納得《なっとく》したのか、安心したのか。そのまま太一は走って行ってしまった。

「がんばろーねー」

その背中に声をかけたら、返事はなかったけれど、「そっちも」というように手を上げる、背の高い影《かげ》が遠ざかって行った。

電車に乗り、いつもとは違《ちが》う駅で降りる。行き先は近くにある大学のキャンパスで、目的地が一緒《いっしょ》である同級生達《たち》が、続々と門をくぐって行った。

「あーげはー」

自家用車で送ってもらったらしい夏美《なつみ》が、朱葉を見つけて手を振《ふ》る。

「おはよ」

「おはよー！　ね、あっち！　きりゅせん来てるって！」

へえ？　と言いながら、朱葉もその門をくぐる。

大学入試センター試験と書かれた看板の立つ、おごそかな大学キャンパスへ。

中に入って行くと、桐生《きりゅう》だけではなく三年の担任の姿があちこちに見えた。桐生の周りにも、クラスメイトが集まって騒《さわ》いでいる。

「忘れ物したやついないか？　席についたらもう一回確認しろよ～」

そんなことを言いながら、コートを着た桐生が生徒ひとりひとりに何かを配っている。

「……おはようございます」

朱葉が少し複雑な顔をして、マスクをとりながら挨拶《あいさつ》をした。別に他意はないけど。マスクは、今はやめておこうと思って。……色々、思い出しても気まずいし。

「ああ、おはよう」

桐生が手に持っていたのはチョコレート菓子《がし》のファミリーパックだった。

「はい、これ」

「え、くれるの!?　やったー」

夏美が隣《となり》で喜んでいる。

「一応、願掛けだからな」

合格祈願《きがん》のパッケージ。よくあるそれを、桐生は朱葉にもひとつ、くれた。

「焦《あせ》らないように。全力を出せるように」

「きっと勝つ、ですか？」

ああ、と桐生が頷《うなず》いた。

それから朱葉をちょっと覗《のぞ》き込《こ》むようにして見て。

「早乙女くん、平気？　体調とか。緊張《きんちょう》とか」

「体調は、平気です。まあそれなりに緊張はしています」

「緊張が集中力につながると信じるしかないな。リラックスよりも、力が出せるのはそんな時だ」

あと、と神妙《しんみょう》な顔で桐生は言った。

「多分、俺《おれ》の方が緊張はしている」

朱葉はちょっと驚《おどろ》いて桐生を見上げた。確かにいつもよりも少々疲《つか》れた顔をしているのは、朝早くから会場に立っていた、ということだけでもないのかもしれない。

周りを見れば、夏美がクラスメイトと試験が終わってからの打ち合わせをしている。彼《かの》女《じょ》は推薦《すいせん》でほぼ進路を決めてしまっているため、朱葉よりも受験科目が少ないのだ。

だから、今、桐生と会話をしているのは朱葉だけだったので。

ちょっと声をひそめて朱葉が言った。

「てっきり昨日の新クールアニメで盛り上がりすぎたのかと」

冗談《じょうだん》めいた、でも本気の考えだったのだけれど、桐生は難しい顔をして、「今期はまだなにも見てない」と言った。

「え!?　どうして!?　体調でも悪いんですか!?」

あの国民的美少女アニメの続編も、あの大人気ゲーム原作の新作も、そして昨日新クールがはじまったアニメは桐生が半年も前からずっと楽しみにしていたはずなのに！

「勝手に人を病人扱《あつか》いしないでくれ。……まあ、一応」

願掛けだよ、と桐生は繰《く》り返《かえ》す。

（……へえ）

朱葉は素直《すなお》に、感心してしまう。緊張しているというのも嘘《うそ》ではないのだろう。あんなにも見たかったアニメを見ないで、願って、くれているのだ。

その気持ちに応えないといけないな、と朱葉は思った。

桐生がぽん、と朱葉の肩《かた》を叩《たた》く。

「というわけで早乙女くん。俺の今クールがどういうダッシュになるか、君の頑張りにかかっているから絶対に失敗しないように」

「うわー、こんなどうでもいいプレッシャーはじめてだわー」

思わず棒読みで言ってしまった。お前の今クールのことなど知ったことか。

まあ、でも。桐生は最後に一言。

「楽しく見よう。一緒に」

そう言って、到着《とうちゃく》した他の生徒のもとに行ってしまった。「あげはー行こうー！」と夏美が朱葉を呼んでいる。

朱葉はマスクをつけなおし、ポケットにチョコレート菓子をしまって思う。

（一緒に）

一緒に、アニメを見られるような未来が、もしかしたらすぐそばにあるのかもしれない、と思いながら。

（…………願掛けしてる二期の一話だけ耐《た》えきれなくて見たって言ったら凹《へこ》みそうだから黙《だま》っておこう）

そう心に決めて、朱葉は踏《ふ》み出《だ》す。

きっと勝つ。……と、いいな、と思いながら。

2 「……逃げられた」

その事件はセンター試験の真っ最中に起こっていた、らしい。

「……は～」

ざわつく教室で突《つ》っ伏《ぷ》して朱葉《あげは》が大きくため息をついた。

センター試験明けの教室だった。一応自習ではあるけれども、自己採点を終えて悲喜こもごも騒《さわ》がしい。

朱葉は、ひやっとしたところもあったけれど、一応、目標のラインは越《こ》えていた。問題なく、志望校の二次試験は受けることが出来るだろう。他にも滑《すべ》り止《ど》めの私立を受けるし、油断は出来ないけれど。

自己採点の結果を持って進路指導室に入る。

「失礼します……」

ぱっと中にいる桐生《きりゅう》と目が合って。

「…………」

がくっと、桐生が脱力《だつりょく》したようにうなだれた。

「えっなにそれ!?　わたしなんかしました!?」

「してない。なにもしてないです。早乙女《さおとめ》くん悪くない」

ちょっと心労が出た、と桐生が言う。確かにセンター試験から桐生の顔色はずっとよくなかった気がする。今朝も。

「どうかしたんです？」

「いや……いや。早乙女くんの採点結果から聞く」

座《すわ》り直《なお》して報告をした。今後の本番についても、教師らしい相談をしっかりして。

それからしみじみと桐生はため息をついた。

明らかになにかはあったんだろうが、どう声をかけようか、と朱葉が思っていると。

「……逃《に》げられた」

絞《しぼ》り出《だ》すように桐生が言う。

「え？」

「都築《つづき》に」

「ええ!?」

あっけにとられた顔をしている朱葉に、桐生が一言。

「センター試験の最中に……脱走《だっそう》しやがった」

うわぁ、と思わず、無感動に朱葉は答えてしまった。

朱葉と同じクラス委員である都築水生《みお》は、志望校決定にあたりかなりもめたらしいが、それでもとある大学を志望校として進学を目指すことで納得《なつとく》をした、かのように見えた。最近は私立の大学でもセンター試験の結果を使うことが多い。問題なく都築も会場に現れはしたようだったけれど。

ほんの二教科ほど受けたあとに、ふらりと教室を出て行って、そのまま戻《もど》ってはこなかったのだという。

「え、それでどうなったんですか?」

「どうもこうも……そこから先、電話もメールも全無視でまったく連絡《れんらく》がとれない……。元々両親も放任主義で……いや、人の家の話はこんな風にするもんじゃないな……」

「別に言いませんけど……うーん……」

連絡、とれる人いないか聞いてきますか? と朱葉が言う。けれど桐生は首を振った。

「いや、早乙女くんは自分の受験に集中してください」

こんなことも、本当は相談するべきじゃなかった、と言うのは間違《まちが》いなく本音ではあったのだろう。

「でも、一応、……クラス委員ですし」

一年、色々あったけど、それなりに一緒《いつしよ》にやってきたので。

気になるといえば、気になるところだった。それに……朱葉とふたりになるまでは隠《かく》していたけれども、こうして憔悴《しょうすい》している桐生を見るのも忍《しの》びなかった。

（それでも真面目に学校に来てるって、言ってたのにな自分で……）

サボりがちだった、ようだけれども。その中でもこの一年は、クラスの真ん中で、陽気に頑張《がんば》っていた気がするので。放っておくわけにも……とは思ったけれど。

「俺《おれ》が」

ぽつりと、机に頬杖《ほおづえ》をついて、桐生が呟《つぶや》いた。

「俺がうまく、やれなかっただけなのかもしれない」

そんなことないですよ、と朱葉は思ったけれど。慰《なぐさ》めみたいに言うのも、違《ちが》うような気はした。

知らないけど。知らないけどね。

うまくやっていたかはともかく、出来ることをやっていた気がするのだ。

「なにか……出来ること、ないんでしょうか」

「あるよ」

少し苦笑《くしょう》を浮かべて、桐生が言う。

「このまま、問題なく二次試験を終えてくれたら。それが早乙女くんに出来る、最高のことだよ」

それはそう、きっと、そのとおりなんだろうけど。

わかっていたけれど、先生と、生徒で。

遠いなぁ、と朱葉は思った。


『いや、それは、桐生の言うとおりだよ』

そう音声通話越《ご》しで朱葉に言ったのは、珍《めずら》しいことではあったけれど秋尾《あきお》だった。

センター試験が終わったところを見計らって、新年の挨拶《あいさつ》と励《はげ》ましの連絡をくれたので、言うべきことじゃないとも思ったけれど、気になってしまって気もそぞろになるのが嫌《いや》で、朱葉は秋尾に相談してしまったのだ。

通話がかかってきて、手短に、と言いながら秋尾は言った。

『そもそも朱葉ちゃんに言う弱音じゃないよね。そのとおりでも、そこは間違ってる』

秋尾は、詳《くわ》しくはないが、それでも桐生の悩《なや》みを少なからず知っているようだった。

『そのクソガキな生徒のことはさ、ずいぶん長く桐生も色々言ってたけど……。朱葉ちゃんに対する所業は置いといても、もうちょっとで一生ものの、好きなことを見つけられると思うんだ、ってそんな風に言ってた』

一生ものの。

好きなこと。

桐生の言いそうなことだなと、朱葉は思う。朱葉もそれを、とてもよく信じてもいる。

『でも、俺は懐疑的《かいぎてき》だよ』

と秋尾は言う。

『あいつは好きなことで人生を楽しんで、好きなことに救われたから、そういう宗教なだけだ』

ゆっくりと、優《やさ》しい言葉を選んで。

『それを、生徒に押《お》しつけるのは、エゴだって、俺は思うね』

厳しいことを言った。

それもそうだと、朱葉も思った。

『朱葉ちゃんは生徒だから、桐生のそういう至らなさをフォローする必要は全然ないよね。桐生だって望んじゃいないと思う。でも』

音声の向こうで、苦笑をしているのがわかった。

『俺はあいつの友達なのでね、あんなやつでもね。……だから、俺は、無理と失礼を承知で、力になってやれるなら、なってやって欲しいとも思うよ』

その言葉に返事をする前に、『あ、キングが代わってって。珍しいね』、という声がして。

『アゲハ』

キングの低い声が耳に届いた。

『そんなやつらはみんな放っておいて、はやく合格して一緒に遊ぼう』

その言葉に笑ってしまった。キングなりの、優しいフォローだと思った。そうして短い音声通話を終えて。

（……うん）

とりあえずは勉強を進めようと、机に向かった。

3 「あなたなら、どうかける？」

寒空の下、夕方の道端《みちばた》だった。

トレーニングから帰ってきたのを窓から見かけて、朱葉《あげは》は家を出た。呼び止めたのは、近所の幼なじみの太一《たいち》だった。

学校ではもう自習ばかりで時間が合わないので、あと、一応、人目もあって。

センター試験から都築《つづき》と連絡《れんらく》がとれないんだけど、と朱葉は太一に言った。一応幽霊《ゆうれい》部員でも、都築は太一と同じバスケ部だったはずなので。

「マジか」

「マジみたい」

なんか知らない？　と、世間話の延長で、深刻さは消して呆《あき》れたように朱葉が言えば。

「いや、知らないけど……」

ちょっと考えながら、太一が言う。

「そういえば、マネが、送迎会《そうげいかい》の連絡もとれないって言ってた。部活はともかく、お祭りごとには命をかけてるやつなのに」

「そっか……先生も、付き合いあった女子とかに聞いても連絡とれてないみたいで」

出来るだけ、桐生《きりゅう》はそういうところを朱葉に見せないようにするけれど。

生徒の間のことだ。朱葉にだって手はある。(具体的には、コミュ力のある夏美《なつみ》が、耳に届くだけ噂《うわさ》を集めてきてくれる方法だが)

「どうしちゃったのかな……」

「なんでもいいけどさ」

まずいだろ、このまんまじゃ、と低い声で太一が言った。朱葉はちょっと居心地《いごこち》が悪そうに、眉尻《まゆじり》を下げて。

「他人《ひと》ごとだけどね」

苦笑《くしょう》したようにそう言った。太一はすでにほぼ推薦《すいせん》で進路を決めていたけれど、朱葉は自分のことがある。自分の受験に集中しろと言われたら、そのとおりだった。

「そうだけど」

太一はいつものように無愛想な顔のまま、はっきり言った。

「俺《おれ》は、気にするよ」

その言葉に、「……うん」と朱葉は、少しだけ励《はげ》まされた気持ちになって頷《うなず》いた。太一は真剣《しんけん》な顔で考《かんが》え込《こ》む。

「連絡絶ってるって言ったたって、どこかでは誰《だれ》かと遊んでるはずなんだよあいつは。ひとりじゃいられないやつなんだから」

そして黙考《もっこう》すること、しばらく。自分の家を指して。

「ちょっと、入ってて」

と言った。予想外のことを言われて朱葉は面食《めんく》らう。朱葉はむしろ太一の姉と仲がよかったので、最近でも家に入ったことはあるのだが。

「ねえちゃんに聞くことあるから」

そう言われるがままに、太一の家に入っていった。

それが、結局、あんなことになるなんて思いもよらずに。


「――で？」


夜だった。連絡をとってすぐ、その日のことだ。

ひどく冷《ひ》え込《こ》む夜で、もしかしたら雪が降るかもしれなかった。

繁華街《はんかがい》のコーヒーショップ、その、小さな丸いテーブルに。並んだ朱葉と、太一が前にしているのは、ひとりの女性だった。

「よくこのあたしに、ものを頼《たの》もうなんて思ったわよね、受験生？」

そう言うのは、上から下までいつもの強力ＯＬ姿に身を包んだ、その人――マリカ、だった。

ねえちゃんに聞くと言った時は、なにを聞くのかと思えばマリカの連絡先で、「なんで⁉」とうろたえる朱葉に、文化祭で都築が彼女をナンパしていたことを教えてくれた。

「今、学校の交流絶ってるとしても、もしかしたら」

自分が声をかけた、『学校外』の女性の連絡なら返すかもしれない、というのが太一の見立てだ。

それは……それは確かに、一理があったけれど。

「そもそもなんでアゲハちゃんが来るかなぁ」

綺麗《きれい》なネイルの指でマドラーをまわしながら、にこやかに、けれど迫力《はくりょく》のある言い方でマリカが言う。

「アゲハちゃんじゃなくて、その担任さんが来てくれた方が、いいんじゃない？　あたし、あなた達のお願いを聞く筋合いはないけど、カズくんのお願いなら聞いてもいいかなって思う気持ちくらい、あるわよ？」

「はい」

朱葉はまっすぐにマリカを見て言った。

「それが嫌《いや》で、わたしが来ました」

自分の知らないところで、桐生が、マリカと連絡していると考えるのはもう嫌だった。

できれば避《さ》けたかった。それは朱葉のエゴだと言えばそれまでだ。

太一は黙《だま》って様子をうかがっている。「俺が、個人的に頼むだけだから」と太一は言ったけれど、朱葉は自分も一緒《いっしょ》に会いたいと言ったし、今もマリカは、朱葉にばかり声をかけた。

「去年もクリスマスの前にね、カズくんに会ったの」

真意の見えない表情で、少し自慢話《じまんばなし》でもするみたいに、マリカは言った。

「本当は、クリスマス、誘《さそ》うつもりだったんだけれどね」

そこですっとマリカはブランドもののパスケースから交通カードを取り出した。無言でそれを裏返すと。

「…………！」

そこにあったのは、とあるスポーツアニメの、人気キャラクターの、交通カードに貼《は》るシールだった。

夏美の推《お》しアニメである。

あとマリカも推しているはずだった。

「ねぇアゲハちゃん、あなた」

やわらかく目を細めて、マリカが言う。

「主人公、ライバル、優《やさ》しく包容力のある幼なじみ。あなたなら、どうかける？」

カップリング的な意味で。

「あ、俺、コーヒーおかわりもらってきますんで」

太一が離脱《りだつ》した。姉の周りで鍛《きた》えられているだけあって、見事な判断力だった。

「…………」

ゴクリ、と喉《のど》を鳴らして、朱葉が言う。

「――主人公、総受け……」

ラテをまわすプラスチックのマドラーを、マリカが折った。

めっちゃこわい。

心の底から朱葉が思う。

凍《こお》らせた笑《え》みのままで、マリカが言う。

「あたしね、相手は誰でもいい。この幼なじみが、ぐちゃぐちゃにされてるところが見たいの」

そっちだったか――――――！！！！！

心の底から朱葉は思った。

「ま、そういうことで」

カードを大切にしまいながら、マリカが言う。

「ちなみにカズくんも同じ反応《リアクション》だったわ。しょうもないけどね。カズくんには、あなたの方が合うのかもね、朱葉ちゃん」

（それは……）

それは、それだけじゃ、ないんじゃないかなと朱葉は思う。

もう少し、なにか、色々があって。

でも、折り合いをつけるために、マリカはマリカのなにかを守るために……そういう理由だけを選んだんじゃないかなと、朱葉は思うけれども。

そうだとマリカが言うのならば、それ以上は……朱葉も言わないでおこうと思った。

「話、つきましたか？」

非常に警戒《けいかい》しながら、太一が帰ってくる。「ついたわ」とマリカが言う。ついたのか？

と朱葉は思う。

「別に、あなた達に協力する義理はないけど」

パスケースのかわりにスマホを取り出しながら、不敵に笑んでマリカが言った。

「このあたしなら、と思ったなら、期待には応えてあげる。百戦錬磨《ひやくせんれんま》の〝会いテク〟見せてあげるわ」

4 「先生の好きは、ちょっと暴力だと思う」

結局朱葉《あげは》はマリカと連絡先《れんらくさき》を交換《こうかん》しなかった。

マリカは、朱葉からはなにも聞いていないしなにも頼《たの》まれていない。そういう態度をとるつもりらしかった。

「未練がましいの、やなのよね」

だからあなた、そう弟くん、あなたの連絡先を貸しなさい、とマリカは太一《たいち》と連絡先を交換して、それから数日。

「つかまったたって、あいつ」

連絡を受けて、朱葉は太一と二人、待ち合わせとして指定された場所に向かった。駅前の、待ち合わせの聖地に。スマホを触《さわ》る都築《つづき》が確かにいて。

度の入っていなさそうなオシャレ眼鏡《めがね》をかけていたけれど、その横顔は試験前と変わらず涼《すず》しいもので、安心した。

スマホをいじりつづけていたけれど、朱葉達《たち》がそばに行く前にふと顔を上げて、なにかに引かれるように朱葉と太一達の方向を見た。軽く眉《まゆ》を上げて。

「……」

ふわっと身体《からだ》を翻《ひるがえ》して足首に力を入れたように見えた、けれど。

「逃《に》がすか」

となりのガチガチバスケ部員の方が反応が早かった。大きく風が動いた、と思った時には、太一がダッシュからの跳《と》び蹴《げ》りをかまして、都築が植《う》え込《こ》みに転がり倒《たお》れていた。

ちょうど大きなスクランブルの信号が変わった瞬間《しゅんかん》だったから、都会の人混《ひとご》みは少年同士のこんな騒動《そうどう》なんて気にせず流れていく。

「って！　いって！」

「おい」

「は、はい……」

倒れたまま、太一に胸《むな》ぐらを掴《つか》まれた都築が、オシャレ眼鏡をずり落として返事をする。

朱葉が近くに駆け寄ると、太一は都築に額をつかんばかりに顔を近づけて。

「追い出し会、来るんだよな」

それだけを聞いた。

今、それ？　そんなこと？　って。朱葉もちょっと思ったし、都築はもっと思ったことだろう。驚《おどろ》いたように眉を持ち上げて、それから。

「……行くよ」

ぱんぱん、と軽く、太一の肩《かた》を叩《たた》く。

「行きます」

ちょっと、眉尻《まゆじり》を下げて、笑って。「ごめんね、たあちゃん」と小さな声で付け加えた。

太一はひとつ、ため息をついて。

「伝えとく。あんまマネ達困らせんなよ」

払《はら》うように手を離《はな》すと、その場から立ち上がった。そして。

「……じゃあ」

あとは、立《た》ち尽《つ》くしていた朱葉に言った。

「俺《おれ》、こいつに用事、これだけだから」

ジャンパーの襟《えり》を直して、「あと、任せても？」と言った。

「うん」

朱葉も、これ以上を、太一に望んでいたわけではないのだ。都築は逃げる気も削《そ》がれていることだろう。それで十分だった。

お互《たが》い片手を上げて、選手交代みたいに軽く打ちつけて。

「ありがと」

朱葉の言葉に応えず、太一はもう、振《ふ》り返《かえ》ることなく行ってしまった。……心配は、していないわけがないと思うけれど。

それぞれ、自分のしなきゃいけない範囲《はんい》って、多分あるだろう。

朱葉はそれから、近くのベンチに座《すわ》り直す都築の目の前に、腕《うで》を組んで仁王立《におうだ》ちをする。

都築は頭をかきながら、ちょっと情けなく笑って言った。

「俺、これから美人とデートのはずだったんだけど？」

「残念でした。デートの相手はわたしです」

その返事に、「残念じゃないよ」と都築はまた笑った。

「よろこんで。朱葉ちゃん」

あったかいとこ行こうか、と都築は言った。

混み合う繁華街《はんかがい》のファストフード店、窓際隣《まどぎわとな》り合《あ》わせの席しか空いてなかったから、そこに朱葉は都築と並んで座った。

「なにしてたの？」

「なに？　別になにってことも、ないかなぁ。普通《ふつう》に、だらっとしてた」

一足早い、春休み？　なんて笑う。

だけどその笑顔《えがお》は少し乾《かわ》いている。

「先生、心配してたよ」

「だぁねぇ」

ちょっとだけ、目を細めて、横目で朱葉を見ながら言う。

「そんな先生が、心配？」

朱葉は頷《うなず》く。

「先生も心配だし、都築くんも心配だよ。みんな心配してるよ。勝手かもしれないけど」

心配は、心配をする方の勝手だ。朱葉はそう思っているけれど。

「うん…………」

都築には多分、届いている気がした。冷たい窓辺で頬杖《ほおづえ》をついて。

「俺、きりゅせんには、よくしてもらったと思ってるんだよね」

そう、ぽつりと呟《つぶや》いた。

朱葉が黙《だま》ったままでいると、言葉を探しながら都築が言う。

「色々さ、大学も調べてもらってさ。遠いけど、田舎《いなか》だろうけど、結構いいとこなんじゃねーかなって思ってたの。俺は、それなりに好きなことがあって……結構これでも長くやってたことがあってさ。それ、どんな形であっても続けられるようにって、多分きりゅせんはすげー考えてくれたと思うんだよ」

黙ったまま朱葉は頷く。

好きなことを、好きなままに、生きていくこと。

桐生《きりゅう》にとってはそれが、多分、勉強よりも大切なことなのだろうと思う。そのための、勉強なのだろう。

「そんで、俺に何回も言ったんだよね。大丈夫《だいじょうぶ》、大丈夫だから、って」

ゆっくりと、段々と、都築の顔が背《そむ》けられていった。

「でも、俺はずっと、その『大丈夫』ってのがなんなのかわかんなかった」

声は震《ふる》えてないけれど。その肩も、指先も。でも。

揺《ゆ》れている、と朱葉は思う。

「試験受けてる時に思ったんだよな。このまま、きりゅせんの言うとおりに、この受験をのりこえたら、俺は好きなことをずっとやれるんだろうって。でも……」

一息で、朱葉の返事を待たずに、言ってしまわなければ言えないように、都築は言葉をつなげた。

「俺、ほんとにそんなに好きなのかな？　って」

こんな風にうつむく都築を見たのは、はじめてのことだった。いや、はじめてではないのだろう。

カラオケボックスで二人きりの時に見た、さみしさの片鱗《へんりん》のようなものが朱葉の胸を締めつけた。

「ずっととか、ないし。絶対とか、ないし。そんなんで、未来を決めるのも……自分の今を決めるのも、なんか、すっげ怖《こわ》いなって思った。先生は大丈夫だって言うけど、それは先生だから大丈夫なんであって、俺が大丈夫とは限らないし。けどそれを言ったら、先生の大丈夫も大丈夫じゃなくする気がして……」

だから、逃げたんだ、と都築が言う。結局のところ。びびって逃げた。それだけだと。

「……情けないっしょ」

と、笑う。なるほどそうかと朱葉は思う。情けないと、都築は自分のことを思っているのだろうと。

「情けなくは、ないよ」

朱葉はそう言って、自分の言葉の薄《うす》っぺらさに、辟易《へきえき》した。言葉がちゃんと、出てこない。説教をしたいわけでもない、説得をしたいわけでもない。

だから、ずいぶん考えて、言葉を選んで、言った。

「先生の好きは、ちょっと暴力だと思う」

桐生は多分本気だったのだろう。真面目だったたし、誠意をもって都築のことを思った。都築の大事なものを探して、好きなものを探して。それを大事にしようと思ったのだろう。ただそれは……ちょっと、強すぎるのかもしれないと思った。

うまく言えないけれど、好きって気持ちは、たまに暴れる。暴れてしまう。

悪いのは誰《だれ》なんだろう。誰も悪くはないとも思う。先生も、都築だって、多分。ただ、うまく嚙《か》み合《あ》わなかったんだろう。

誰も悪くなくても、不幸なことだってあるのだ。

「暴力かぁ……」

ぼんやりと、朱葉の言葉を都築は繰《く》り返《かえ》した。うん、と朱葉は頷く。

それから、しばらく都築は考えて。

朱葉を隣《となり》から、覗《のぞ》き込《こ》むようにして言った。

「……暴力、受けてるの？」

それが、すごく、いつもみたいに懐《なつ》かしい、野次馬みたいな、好奇心《こうきしん》に満ちた、それから少し心配をするような、目だったから。

朱葉はちょっとだけ、笑って言った。

「私も結構、やるほうだよ」

「好き」の、暴力なら。

負けてないと朱葉は思っている。

「そっか」

いいね、とうつむき都築は笑った。ぽつりとこぼした、うらやむ言葉だった。

先生が悪いわけじゃない。都築だって、びびって逃げたことは間違《まちが》いではないと思う。

ただ……そう、ただ。

（その前に、もう少し、相談をしてくれたら）

よかったのに、と思うけれども。それもなんだか、ひどく偽善的《ぎぜんてき》な思考だった。

(……もう少し、都築くんと、そんな話をしてくれる人が、いてくれたらよかった)

その言葉も失礼すぎて口には出せないと思った。

肩を並べる二人はとても近く、それでいてひどく遠かった。

「どうするの、これから」

このまま逃げる、というのなら、朱葉はそれを桐生に伝えようと思った。傷つくかもしれない。ショックを受けるかもしれない。憤《いきどお》るかもしれない。でも。

都築は逃げてもいいはずだと、朱葉は思った。

けれど、都築はまだ、やわらかな笑《え》みを浮《う》かべたままで、小首を傾《かし》げて言うのだ。

「委員長は、俺に、どうして欲《ほ》しい？」

久しぶりに聞く呼び方だった。もう、委員長らしい仕事なんて、ひとつもしていないけれど。

「なに、それ」

どうしてわたしに聞くの？　と朱葉が言えば。

「俺のこと、探してくれたから」

あっけらかんと、都築は言った。

「委員長も、たあちゃんも……俺の恋人《こいびと》でもない誰かが、俺のことを探してくれるなんて、思ってもみなかったんだ」

そんなことを、冗談《じょうだん》じゃなく言うものだから胸が詰まった。

「先生のためでも……」

「別に頼まれてないし、多分して欲しいとも思われてはないよ。心配してるのは、わたしも太一も自分の勝手」

でも。

都築くんの、ためでさえないよ。

「先生だって、探してるよ」

思わず朱葉は言ってしまう。

「すっごくすっごく、めっちゃすごく、探してるよ。心配してる」

そしてそれは、多分、都築くんのためだよ。

頬杖をついたまま、都築はまぶたを落として。

「うん」

子供みたいに頷いた。

それから。都築水生《みお》は――……。

とりとめのない話をしながら朱葉と私服のままに学校に行った。下校時間もとっくに過ぎているのに、職員室には桐生がいた。

都築のことを見た瞬間、椅子《いす》を蹴らんばかりに立ち上がって熱い抱擁《ほうよう》……とはならなかった。

「いでっいっ先生マジ！　マジいて!!　マジ卍《まんじ》！！！」

手のひらで都築の両こめかみを挟《はさ》んでそのまま進路指導室に直行。涙《なみだ》ながらの感動の対面をちょっと期待していた朱葉は拍子抜《ひょうしぬ》けした。

「先生！　気持ちはわかるけど」

怒《おこ》らないであげて、と朱葉が言う。その言葉が正しいのかはわからない。

ため息まじりに髪《かみ》をかきあげ、桐生が言う。

「怒ってませんよ」

「元気そうで安心してる」

イエーイ、とピースをつくる都築の首根っこを摑んで。

「じゃあこれから、こいつにみっちり進路指導だから」

早乙女《さおとめ》くんは、帰りなさい。そう言ってから、少しだけ考える顔をして、桐生は朱葉に手を差し出した。

「ありがとう」

そんな短いお礼の言葉だった。反射するように、朱葉が手を伸《の》ばし返す。

握手《あくしゅ》するみたいに強く。握《にぎ》った。冷たくて大きな手だった。

強く、すごく、強い手だった。しびれそうだった。感謝とか、憤りとか、ふがいなさとか、心配とか、……愛情とか。

そういうの全部、言葉にならないものが詰まっている気がした。

それから、都築をつれて行く背中を見て、朱葉は自分の手のひらを見て。

(先生は、本当は)

もっと、たくさんのことが言いたいんじゃないかなと、朱葉は思った。

先生って大変で、想像でしかないけれど大変で。

朱葉は生徒だから。それも、先生の生徒だから。「大変だ」なんて、言うわけにもいかない。もちろん慰《なぐさ》めることも、力になることも出来ない。

(先生は、きっと、仕事の相談をわたしにはしない)

自分達《じぶんたち》は、ファストフード店で肩を並べることも出来ない。

(でも、いつか)

いつか隣に行こう、と朱葉は思った。

都築のあとのことは、『先生の仕事』として。朱葉は朱葉の、『生徒の仕事』をするために、家路についた。

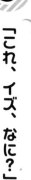

5 「これ、イズ、なに？」

自習や特別授業の多くなった授業に都築《つづき》は来るようになった。

来るようには、なったのだが。

「……なに、これ」

朱葉《あげは》は呆然《ぼうぜん》と立《た》ち尽《つ》くしていた。どこでかというと、学校で。学校のどこかというと、……漫研《まんけん》の部室の入り口で。

朱葉の後ろには、びびって朱葉を教室まで呼びにきた咲《さく》が張り付いている。

放課後のことだった。よく見知った漫研の一角。その中に都築がいた。

ダンボール箱を椅子《いす》にして、背中を丸めて一心不乱に本のページをめくっている。その周囲には山と積まれた本、本、本。

しかも……。

「いやいや、どうして……これ？」

積まれた本は、その多くが……すべてではなかったけれど、名作と分類される商業ＢＬ、もしくはそれに類するものだった。

しかも、都築はいつもの饒舌《じょうぜつ》さはどこへやら、朱葉達《たち》が来ても本から顔を上げることさえしない。朝のホームルームには来ていたけれど、そういえば自習時間は教室から消えていたかもしれない。面談などが多い時期だから気づかなかったけれど。

その間もしかしたらずっと読んでいたのだろうか。

これが、面白半分《おもしろはんぶん》とか、からかい半分で読んでいる……というのだったらもう少し反応のしようもあったが、その横顔は真剣《しんけん》そのもので、なんと声をかけていいのか朱葉には手の打ちようがなかった。

「お、ちょうどよかった。ドア開けてくれ」

呆然としていると、現れたのは顧問《こもん》である桐生《きりゅう》で、その両腕《りょううで》には重そうなダンボールがあった。

「先生これ、っていうかそれ、もしかして……」

朱葉が何かを言う暇《ひま》もなく。

「次、ここに置いておくから」

「待って」

桐生の声に、はじめて都築が声を上げた。顔は上げずに。

「先生、ここに分けたこの人の別の本全部持ってきて」

「よしきた。その作家は世界観にかなりの揺《ゆ》れがあるけど、趣味《しゅみ》かどうかは読んで決めてくれ。ちなみに挿絵《さしえ》を描《か》いてる小説についてはどうする？」

「小説は時間かかっちゃうからそこまでいけるかわかんないけど興味あるから置いて行って」

「ラジャ」

早口の高速で済まされる会話。咲がふらふらと近づいて行って、距離《きょり》を空けて座《すわ》りながらもその山を崩《くず》しはじめた。順応が早いのは若さだろうか。本当か？

朱葉は呆《あき》れ返っていたが。

「これ、イズ、なに？」

戦士のたたずまいできびすを返した桐生に聞けば。

「新しい、『好き』の探求と発見？」

と桐生が真顔で答えた。エア眼鏡《めがね》を持ち上げる仕草つきで。

廊下《ろうか》に引きずりだして聞いてみれば。

桐生と都築が話し合った結果のこと。「お前の信じられない好きって感情が、どれだけ広くて深いものなのか、俺《おれ》が教えてやる」と桐生が自分の趣味を布教したらしい。

まずそこで自分の趣味になるのがおかしいのだが。

「……ＢＬが？」

心の底から、朱葉は突っ込んだ。

桐生はスルーをして話を続ける。

かなり真剣な表情で言った。

「元々他人の恋愛《れんあい》に非常に関心と興味を覚える都築には、運命の出会いだったらしいな」

「いや、相手はリア充ですよ⁉　なんでいきなりＢＬにハマれるんですか⁉」

「好きに理由はいらない」

どす、と朱葉の裏拳《うらけん》が炸裂《さくれつ》する。

「いや、格好よく言っても駄目《だめ》ですから。将来は⁉　進学は⁉　ねえ！！！？」

「都内の私立を受けるそうだよ。まだ、この都会《まち》には……読むべきものがたくさんあるって」

ええ、と朱葉は思ったけれど。

「偏《かたよ》っていると思うだろう」

目を細めて桐生は静かに告げた。

「それでも、俺は信じているから」

はっきりと、強い言葉で。

「なにかを好きになる気持ちが、人生を豊かにするって」

好きになるのはなんだっていいんだと桐生は言った。

なんだっていい。

間違《まちが》いかもしれない。偏っているかもしれない。それでも。

「…………」

背中を丸める都築の背中を見ながら、届いたのかもしれないとも思った。百人生徒がいたら、九十九人だめかもしれない。でも都築には、届いたのかもしれない。

そうだとしたら。

「先生、すごいね」

半ば呆れて朱葉が言えば。

「……早乙女《さおとめ》くんほどでは、ないよ」

そうぽつりと桐生は呟《つぶや》いたので、朱葉が驚《おどろ》き、顔を上げる。桐生もまた、都築の方を見たので、視線が合うことはなかったけれど。

「でも、それは言わない約束だ。俺は先生なので」

ひとりごちるように、そう続けた。

「ただ、感謝はしていますよ」一言では、言えないけど、という言葉に。

「うん……」

朱葉は頷《うなず》いて、ほんのしばらく黙《だま》ってから。

「ところで先生、都築くんが見てるの商業ＢＬだけだよね？　同人誌まで薦《すす》めてないよね？？？」

「もちろん」

「ならいいけど」

「そういうことは段階を踏《ふ》んで……」

「絶対やめろよ？」

「早乙女くん！　中指はいけない！　中指は！！！！」

結局薄《うす》い本の存在と朱葉が描き手であるという事実は、朱葉の許可が出るまで明かしてはならぬと釘《くぎ》を刺《さ》して別れた。

本当はもっと、話すべきことがたくさんあったような気がするけれど。

都築がなりふり構わず本のページをめくるように、朱葉もまた、するべきことがあるはずだった。奥歯《おくば》をくいしばって、今はひたすら、やるしかない。

真剣
うむ…立派な腐男子になれよ…

6　「いくつかの長い夜を越えて」

「終わった――――!!!!」

試験を終えた朱葉《あげは》は、一度家に帰って着替《きが》えて、それから駅で待ち合わせをした。

「おつかれ――――!!!!!　どうだった!?」

手を組み合わせてハイタッチをしながら、夏美《なつみ》が大きな声で聞いてくる。朱葉はやけっぱちみたいなテンションで笑った。

「わかんない！　でももう終わった!!!!」

「終わった終わった!!!　どうする!!!?」

夏美はすでに、推薦《すいせん》で進路を決めてしまっている。

受験明けのハイテンションで朱葉が言う。

「とりあえず本屋に行って、自制してた漫画《まんが》と小説を買う!!!　薄《うす》い本も!!!!」

「そんでそんで？」

「ソシャゲもやる!!!　お祝いでガチャもまわす!!!!」

「やったろやったろ!!　それでそれで？」

「カラオケも行く！！！！　大声で歌う！！！！」

「付き合う付き合う！　光る棒も持ってきた！！！　あ、あたしもお願いあるんだけど！」

「なになに!?」

「積んでるライブディスクオールで見よ――――――！！！！」

「見よう――――！！！！！」

そこまで盛り上がってから、ふと、夏美が気づいた。

「そういえば、いいの？　先生に報告とか」

せっかく終わったんだから。もちろん報告したって受験の結果が変わるわけではないのだろうけれど。

心配もしているし、報告も必要なんじゃない？　と思うけれど。

あっけらかんと笑って朱葉が言った。

「いいのいいの。とりあえず受験終わりってSNSに絵を一枚あげたら」

ぱたぱたと手を振《ふ》りながら。

「それで全部わかるように出来てるの」

たとえば、受験が失敗だったたって。やれることをやったし、今はこんなに晴れ晴れしくて愉快《ゆかい》な気分なのだ。

それはきっと絵にもあらわれるし。

描《か》いたなら、届く、と朱葉は信じている。

その顔を、ちょっとうらやむように夏美は見て。

「いいなぁ。あたしはまだ、そういう風にはなれないなぁ」

そう、ため息まじりに呟《つぶや》いた。

夏美にも、お付き合いをしている相手がいて、一進一退、うまくいったり、歯がゆかったり、色々だ。

あたしね、と歩き出しながら夏美が言う。

「きりゅせんの顔がすごく素敵《すてき》だなとか、推《お》せるとか思うのとは別にね、朱葉とくっつくのはちょっと嫌《いや》だったんだ」

幸せにしてくれなさそうで。焼肉だし。

そう、焼肉だし。

「でもね、なんか……ふたりは、ちゃんとしてると思った」

と夏美は言った。

その言葉に、朱葉は頬《ほお》を小さくかいて。

「ちゃんと、してないよ」

と返す。色々ある。色々あったし、今もある。先生と生徒で、趣味《しゅみ》と性癖《せいへき》の合致《がっち》するオタク友達で。それでも。

「恋愛《れんあい》はまだ、別に、ちゃんとしてない」

多分、気持ちはあっても、すべてはこれからだ。これから一体どうなるかわからないけれど。

「ちゃんとできたらいいと思う。そのうちね」

どんなに抵抗《ていこう》したって時間は過ぎていくのだ。あんなに面倒《めんどう》だった受験も、こんな風に

晴れ晴れしく終わってしまうように。

わたし達は、別のなにかになっていくのだと朱葉は思う。でも、だけど。だからこそ。

「今は、今が、大事だよ」

最後の高校生活が。

うん、と夏美は頷《うなず》いて。朱葉の手を引き、騒《さわ》がしい街へと繰《く》り出《だ》した。

エピローグ

卒業式

1 「卒業、おめでとう」

卒業式の朝、いつもより早く家を出た。

借りてあった鍵《かぎ》を使って、部室に入って、部長の最後の仕事として、漫研《まんけん》の部室を片付けた。

卒業式の日の早朝ということもあり、校内は閑散《かんさん》としていた。その静けさが部室にも満ちている。

あれだけたくさんあったBL漫画《まんが》を、都築《つづき》は完全読破してしまったらしい。今は漫画喫《きっ》茶《さ》や太一《たいち》の家を渡《わた》り歩《ある》く生活だとか。

人間なにがどう転ぶかわからない。どこに沼《ぬま》があるかも。

ひとつひとつ片付けて、文化祭につくった部誌を見たりして。

それから最後に仕事をひとつ。

「……うん」

満足をして、部室を出た。

チョークで汚《よご》れた袖《そで》を払《はら》いながら。あーあ、お母さんが綺麗《きれい》にクリーニングに出してくれたのに、と思う。

でも、自分らしいなとも朱葉《あげは》は思った。

卒業式がはじまる前の、最後のホームルームだった。

「えー……」

桐生《きりゅう》が教壇《きょうだん》に立つ。いつものような白衣は着ていなかった。卒業生の担任だからだろう。胸には花。おろしたての背広に、白いシャツだった。

そして、少し驚《おどろ》いたことに……コンタクトではなく、眼鏡《めがね》をしていた。オシャレではなく、オフ用の、分厚い眼鏡だ。

髪《かみ》はきっちりセットしてあって、その表情に、眼鏡は少し浮《う》いて、でもなじんでもいた。

教室もざわついたし、朱葉もまた、オフがオンを侵食《しんしょく》してきたみたいで、不思議な気持ちになった。

その変化を、桐生は詳《くわ》しく説明はしなかった。

「いよいよ今日は卒業式となります」

そう口火を切って、桐生はしばらく考えるように視線をめぐらせた。

その視線の先には、徹夜《てつや》明けなのだろう、眠《ねむ》い顔をして座《すわ》っている都築も、どこか実感のわかない朱葉もいた。それから桐生は先生らしい、全体をしっかり見据《みす》える視線とともにに言った。

「君達《きみたち》はもちろん、これが最初で最後の高校の卒業式ですが、先生にとっても、担任として見送るはじめての卒業式となります。今日この日を全員で迎《むか》えられること、非常に嬉《うれ》しく思っています」

それは、定型めいた言葉から、はじまった。

「はじめてだから、もちろん至らぬところもあったかと思う。けど、別にそれは謝《あやま》らない。ある程度は、君達の運だ。……ガチャみたいなもんだろう？」

くすくすと、笑い声が上がる。そんなことを言っても、笑って受け止めてもらえるのは、先生が、多分、はじめてでも、立派な先生だったからだろう。

大きく息を吸って、桐生は続けた。

「はじめての三年生の主担任だった。この一年がはじまるまで、俺《おれ》は出来るだけフラットに、距離《きより》をとって、指導という役割にあたってきたつもりだった」

その時、ふと、朱葉が思い出したのは、まだ担任ではなかった頃《ころ》の桐生の姿だった。

格好よくて、人気があって、非の打ち所のない、社会人のコスプレをした桐生。

自分とは関わりのない人だと思っていた。でも、いつの間にか朱葉と桐生の関係も変わったけれど、桐生もどこか、変わっていったような気がする。

桐生はまっすぐ生徒達を見て、続けた。

「けれど、それとは別に、この一年、俺は俺の信条をもって、嘘《うそ》のない指導をしてきたつもりだ」

俺には信条がある、と桐生は言う。

「この担任の一年間、俺は、君達に夢を持てとは一度も言わなかったはずだ。夢はなにかと聞いた。夢があるなら頑張《がんば》れと背中を押《お》した。でも」

夢があるのがすべてじゃない、と桐生は続けた。

「そんなものは生きているうちに見つければいい。夢があるから幸せになれるわけじゃない。俺だって、夢があって教師になったわけじゃなかった。ただ……」

これは、あくまでも持論だけど、と断りを入れて。

「好きなものはあった方がいい。ささやかなもので構わない。いや、好きになったらささやかなものなんかない。他人のものさしなんてどうでもいい。……好きなものを見つけて、見つけたら大事にしなさいと、この一年、言い続けてきたつもりだ。なぜなら、その気持ちは君達の人生を輝《かがや》かせるから」

教壇の上に置かれた、桐生の拳《こぶし》に強く、力がこもる。

「俺はそう思っているし、そう伝えてきた。そして……これが今日、言っておきたいことなんだけれど。……俺の言葉は、すべてじゃない」

少しだけ、教室が困惑《こんわく》した。声には出なかったけれど。

桐生は迷いなく続ける。

「教師が正しいわけじゃない。勉強みたいに、テストみたいに、正解なんてないんだ」

朱葉はその時そっと、視線の端《はし》で都築のことを見た。

桐生の言う、「大丈夫《だいじょうぶ》」が、信じられないと言った都築は、隣《とな》り合《あ》ったファストフード店の時のようにうつむいて、真剣《しんけん》な顔で桐生の言葉を聞いていた。

桐生は続ける。

「そう思っていたから、これまで深く踏《ふ》み込《こ》んだ指導なんてしたことはなかった。押しつけはしたくなかった。けれど、君達を教えるうちに、それは違《ちが》うような気がした。君達は、指導という名の偏向《へんこう》を受ける。けれど、それを信じたり、また……はねつけるしなやかさも、同時に持っていることだろう」

君達にはそれだけの自由がある。

君達にはそれだけの力がある、と桐生は繰《く》り返《かえ》した。

「信じたいものを、信じていきなさい。そして……好きなものを、好きでいて下さい」

前傾《ぜんけい》になりつつあった姿勢を正して、改まった様子で桐生は言う。

「俺は、教師には、職業としてなった。手を抜《ぬ》いたことなんて一度もないけれど、俺にとっては生きていくのに必要な社会だった。けど、今日という日を迎えて思います」

ふっとそこで、小さく笑って。

「教師になってよかった」

どこかで、すすり泣く声がした。朱葉も眼球に痛みを感じていた。でも、涙《なみだ》なんて見せたくなかった。ちょっと、恥《は》ずかしかった。卒業式で泣くのは、感動出来るのは、素敵《すてき》なことだと思うけど。

今更《いまさら》……先生に泣かされるなんて、まっぴらだと朱葉は思った。

桐生は笑顔《えがお》のままで最後に言った。

「君達に出会えてよかった。君達は俺が自信を持って送り出せる……しなやかな生徒達だった」

卒業、おめでとう。

その言葉に、堰《せき》を切ったように教室からすすり泣く声が上がった。朱葉のすぐそばでは、夏美《なつみ》が、ぼろぼろに泣いていた。朱葉も、声を上げないようにするのに精一杯《せいいっぱい》だった。

こんな状態で、式なんて出られない、誰《だれ》もがそう思っていた時だった。

「先生、俺」

がたっと、立ち上がる音がした。都築だった。ぼろぼろと涙をこぼして彼《かれ》は言った。

「俺、卒業なんかしたくねぇよ……！！！！」

その言葉に、桐生はそっと微笑《ほほえ》んだまま、教壇を降りて都築のもとに行き。

そっと両腕《りょううで》を伸ばして。

「お前はしてくれ！！！！！！！！！！！！！！！！！！！！！！！！」

全力でヘッドロックをかけた。

どれだけ心配をかけたと思ってるんだ！！！！！

そう、顔に書いてあったし、泣《な》き面《つら》だったクラスメイトがどっと笑った。最後まで、都築はそういう役割を、ちゃんと果たすやつだった。

そしてさんざっぱら都築を痛めつけてから。

「卒業しても、俺はお前の先生だよ。いつでも来なさい」

頭をくしゃくしゃになでて、そう言った。

みんな、涙を拭《ふ》いて。泣き笑い顔で。……最後の、卒業式がはじまる。

2 「先生、ありがとう」

卒業式はあいにくの雨だった。

ここしばらくのあたたかさから逆戻《ぎやくもど》りをしたように天気は崩《くず》れ、風の強さからだろうか、少し肌寒《はだざむ》い体育館での式となった。

送辞を聞き、答辞を聞いた。

「早乙女《さおとめ》朱葉《あげは》」

先生の声で名前を呼ばれ、返事をして卒業証書を授与《じゆよ》される。

あおげばとうとし、わがしのおん。

時折にじむ涙《なみだ》をぬぐいながら、もしかしたら。

もしかしたら、眼鏡だったのはこのせいなのかもなと朱葉は思った。

コンタクトだと、涙で落ちてしまうかもしれないから。

桐生《きりゆう》は、涙なんて、ひとつもこぼしはしなかったけれど。

在校生に見送られて、外に出る。

「こんな日に雨なんて！」

こぼしながらも、傘《かさ》をさす卒業生は皆笑顔《みなえがお》だった。都築《つづき》はあっという間に後輩《こうはい》女子に囲まれて、写真を撮《と》り合《あ》っている。式が終われば今日だけは、スマホもおとがめなしだ。

「あげはー！　写真撮ろ！」

夏美《なつみ》や友人達《たち》と写真を撮っていたら、見送りの保護者の集団から声がかかった。

「朱葉ちゃん！」

先に振《ふ》り返《かえ》った夏美が、「ぎゃ！」と声を上げ、朱葉の腕《うで》をひく。「なぁに……？」と振り返ってみれば。

「卒業、おめでとう」

きちんと礼服に身を固めた、秋尾《あきお》とキングがいた。キングが差し出すのは美しいスイートピーの花束だ。

「あ、ありがとうございます！　でもどうして……」

平日なのに、とうろたえる朱葉に。

「せっかくの門出《かどで》だ」

「カメラマンが必要かと思って？」

と秋尾がごつい一眼レフを構える。夏美が歓声《かんせい》を上げて、まずキングとの写真を所望《しょもう》した。朱葉もみんなとの写真を撮ってもらいながら。

「あいつも、いるでしょ」

そう秋尾が言って指差した先には、女子生徒に囲まれる桐生が。「連れてきます!!」と夏美が手を上げ、人混《ひとご》みの中から桐生を引っ張り出してきた。

桐生も秋尾が来るとは思っていなかったようで、顔を見て少し驚《おどろ》いた顔をする。

「担任クラスの初卒業式、おめでとう」

「あいにくの雨だけどな」

「雨もまた、悪くはないだろ」

そんな風に言って、「じゃあそこの壁《かべ》の前に立とうか～。あ、朱葉ちゃんは傘貸して。桐生の傘に入ってね」といつものようにテキパキと構図指定をしてくれる。

「アゲハ、前髪《まえがみ》」

キングの細かいチェックも入りながら。

「ちょっと待って、今光量確認《かくにん》するから――」

一本の傘の下、身を寄せ合って、朱葉は桐生を見上げた。

「卒業ですね」

「そうですね」

朱葉の言葉に、桐生がそう返す。

傘を持つ桐生の手に、自分の手を重ねて。

「卒業しても、先生ですか？」

そう、聞いた。

都築に対して、卒業しても先生だと言っていた。朱葉は、卒業したら、もう先生と生徒ではないんじゃないかと思っていたけれど、先生は、もしかしたらそうではないのかもしれないと朱葉は思ったからだ。

聞き返すように桐生が振り返るが。

「じゃあ撮るよ！　一発で仕上げる！　カウント3、2、1――」

ぎこちない顔で写真を一枚。

優秀《ゆうしゅう》なカメラマン達が確認をしている間に。

「――さて。先生と生徒がどうかは、わからないけど……」

桐生が朱葉に囁《ささや》いた。

「俺《おれ》は神様を好きになったんだから」

大きな黒い傘を斜《なな》めに、周りから遮断《しやだん》するように二人を隠《かく》し。

ほんの、一瞬《いっしゅん》。卒業式の、ざわめきを隔《へだ》てて。

教師である桐生から、生徒である朱葉に。

ほんの一瞬だけ、唇《くちびる》が触《ふ》れた。

唇は笑みの形で。

「先生を好きになるくらい、簡単なのでは？」

至近距離《きより》からそう囁き、姿勢を戻《もど》して傘も持ち上げる。

驚き固まる、朱葉がみるみる赤くなり。

「──そういうとこだぞ！！！！！」

それだけ叫《さけ》んで、離《はな》れた。秋尾やキングが驚いた顔をしているが、桐生はひとり、何食わぬ顔。

（そういう！！！　ところ！！！！！！）

そのまま逃《に》げるように大股《おおまた》で歩いていた朱葉だったけれど。

「せんぱい……」

その先に涙を浮《う》かべた咲《さく》がいた。後ろには、ひっそりと九堂《くどう》が心配そうに眺《なが》めている。

「咲ちゃん！」

「先輩《せんぱい》いぃいいい……卒業なんてしないでくださいいいいい……」

「あはは、それはムリかな！」

「ムリなのむりぃ……」

「大丈夫《だいじょうぶ》大丈夫！　イベント行けば絶対会えるし!!　また、活動だって再開するよ！」

ガッツポーズをつくって朱葉が言う。

「咲ちゃんだって、新刊、読みたいでしょう？」

絶対読みたいです！！！！　と咲が叫ぶ。でもまだ涙は止まらないみたいだから。

「はい、これ」

朱葉は、自分の制服のリボンをとり、咲に渡《わた》した。

「よかったら、もらって」

漫研《まんけん》のこと、よろしくね。

そう言ったなら。

「…………はいっ！」

しっかりと、咲が頷《うなず》いた。胸にリボンを抱《だ》きしめるようにして。

雨の卒業式は、つつがなく終わった。明日が合格発表の大学も多いし、まだまだ進路指導は続く。結局は浪人《ろうにん》という道を選ぶ生徒もいるかもしれない。

桐生は卒業生を見送ったあと、まず教室を確認し職員室に戻った。それから生物準備室に行き。

（……世話になったな）

自分と、朱葉が、ずいぶん話《はな》し込《こ》んだ机をなぜた。

教師と生徒じゃなかったらと、思ったことはある。確かにある。でも、教師と生徒じゃなかったら——自分は、きっと。

神様を好きになることなんて出来なかっただろう。

だから、とても感謝していた。

好きなものを、好きなままで、教師になったから。

なにより好きな、たった一人に出会えたのだろうと思っている。

そして足は自然に、漫研の部室に向かって行った。「部室のチェックをしておいてください」と職員室の机に、朱葉の字でメモとともに鍵《かぎ》が返してあったから。

扉《とびら》を開けると、他の部屋よりもよく親しんだ、印刷インクのようなにおいがして。

中に入った、桐生は、思わずその膝《ひざ》から崩《くず》れ落《お》ちた。

広がる黒板、いっぱいに。

いつ描《か》いたのだろう、見間違《みまちが》えるはずのない朱葉の線で、抱きしめられないくらい大きい推《お》しキャラのイラストが。

やばい。まずい。

泣かないって、決めていたのに。

桐生は眼鏡の下の瞼《まぶた》を押さえる。こらえきれない涙が、こぼれて、落ちた。

「……そういう……とこだぞ……！」

大きな絵には、大きな文字が、書いてあった。
卒業の門出に。
たった一人の、生徒から。
先生　ありがとう！

END

先生ありがとう!

あとがき

春が来た！

はじめまして、ということはもうないでしょう。こんにちは、もしくは、お久しぶりです！　少し長い年月をかけてしまいましたが、ここに「春」をお届けです。

春がくる季節に終わらせることを、この物語を書き始めた時から決めていました。その決意のままに、「小説家になろう」で最終回を迎え、この三巻を持って、書籍版を完結することが出来ました。

「先生」と「生徒」の二人の物語は、ここでおしまい。でも、これからも二人は続いていきます。だってオタクに、卒業もおしまいもないから。

どうか、これを読んでいる皆さんにも、終わりのない楽しい日々が続いていきますように。

コミカライズはまだまだ元気に続いています。また、お目にかかれたら幸いです。

たくさんの「おめでとう」を、ありがとうございました！

腐男子先生!!!!!
③
発売おめでとう
ございます。
この作品を通して
出会えた皆様に
感謝を…!!
結城あみの

◆ご意見、ご感想をお寄せください。
[ファンレターの宛先]
〒102-8177 東京都千代田区富士見2-13-3
株式会社KADOKAWA　ビーズログ文庫アリス編集部
瀧ことは先生・結城あみの先生

●お問い合わせ(エンターブレイン ブランド)
https://www.kadokawa.co.jp/
(「お問い合わせ」へお進みください)
※内容によっては、お答えできない場合があります。
※サポートは日本国内のみとさせていただきます。
※Japanese text only

腐《ふ》男《だん》子《し》先《せん》生《せい》!!!!! 3

瀧《たき》ことは

2020年3月15日　初版発行

発行者　三坂泰二
発行　株式会社KADOKAWA
〒102-8177　東京都千代田区富士見2-13-3
0570-060-555(ナビダイヤル)
デザイン　辻 智美(Banana Grove Studio)
印刷所　凸版印刷株式会社
製本所　凸版印刷株式会社

ISBN978-4-04-736044-0　C0193

定価はカバーに表示してあります。

◇◇◇